私の生涯教育実践シリーズ'16

私の先生

——誰からも、何からも学べる

（公財）北野生涯教育振興会［監修］
小笠原英司／髙　巖［編］

ぎょうせい

まえがき

昨年は当財団四〇周年にちなみ、『私の生涯学習―学ぶ楽しみ』を課題としたが、今回はさらにもう少し主題を広げて、『私の「先生」―誰からも、何からも学べる』とした。人は日常の中で、些細なことを含め実にさまざまなことを多くの人から、集団や社会から、自然から、「学び」を得て生活している。その学びの機会を「先生」と呼べば、先生と生徒の無数の物語が生まれるだろう。

ひとは、一人では生きていけない（または、一人で生きているのではない）という真実をいろいろな意味で実感できるのは、ある程度の経験つまり年齢が必要だと思う。若いうちは「自分」が前面に出て、自分一人で思うように生きたいと思うから、自分に与えられている貴重な「学び」の機会に気づかないことが多い。

学ぶという行為には、自己啓発という積極性とともに、教えを受容するという謙虚な姿勢が必要となる。自分に対する「先生」の存在を自覚し、感謝をこめてその教えを自分の中に受け入れるという学びの行為は、成熟した人格の発露なのだと思う。

本書に掲載された一九編の作品は多くの応募から厳選されただけあって、いずれも甲乙つけがたい秀作であった。家族から、師弟関係から、さまざまな出会いから、そして止まれぬ探究心から、それぞれの学びの機会を活かし、そこから学んだことが著者各位の人生をいかに豊かにしてきたことであるかを思う時、著者の皆さんの人格的成熟に敬意を表さざるを得ない。それは編者としてこの上ない喜びである。

出版に際し、㈱ぎょうせいには一方ならぬお世話になった。公益財団法人北野生涯教育振興会の関係者とともに、編者として心からお礼を申し上げたい。

平成二十八年十月

編者　小笠原　英司

目次

第二章　子弟に学ぶ

第三章　出会いに学ぶ

第四章　探究に学ぶ

序章　もっと学ぶべきこと

もっと学ぶべきこと

明治大学教授　小笠原　英司

一、生きることは、学ぶこと[注1]

今回の入選作からも知ることができるように、人は実に多くのことがらやものごとから何かを学びつつ生きている。というよりも、個々の人間にとってすべてのものが学びの対象であり、そこから「学ぶこと」それじたいが「生きること」なのだと言うべきかもしれない。

言わずもがな、人間は真空の中に生きているのではない。人間の生きる世界は多種多様な無数の要素に満ちている。それらは人が生きるうえでのさまざまな制約にもなるが、逆に、それらを利用しなければ生きていくことができないのも事実である。人はそうした制約と必要の混淆のなかで、自分の生きる道を探索し、生きていく方途を模索する。

つまり、人は「生きる」ための努力をしようとするとき、好むと好まざるとにかかわらず、生きるうえでのすべての必要と障害について学ばざるを得ないのである。諸個人は、それらの諸要素をいかに活用しコントロールすれば「生存する」ことができるか、そしてさらに「より良く生きる」（活きて生きる）ことが可能かを追求することになる。

ここで、あえて「生きる」人間行動の次数を二段階に分け、「生存する」と「活きる」とに区別して考えてみたい。そのまえに、私見ながら私たちが日常語として使っている『生活』という言葉を少しだけ概念化すれば、「生活」とは単に生計を立てるとか、長命を保つとか、日常の暮らしぶり、などを表現するだけにとどまらず、人間のまさに「活きて生きる」という〈生〉への願望を意味する言葉として解釈することができる。つまり本章での定義から言えば、「生きる」こととは「生活する」こと、そしてそれは「活きて生きる」ことにほかならないのだ。

そのうえで、衣食住の物的・生物的生活条件の充足レベル（生存する）と社会的・文化的生活の質的向上レベル（活きる）とを区別すれば、学びにも「充足の学び」と「向上の学び」があると言えよう。もちろん現実には、右の二種の学びを峻別することは困難であることが多い。

たとえば、〝世間的評価の高い学校や大学に行くこと〟はどちらのレベルの学びであろうか。高偏差値大学を出て高収入職業へのパスを得ることであれば、それは「充足の学び」であろうが、勉学好きな少年少女が高い目標に向けて努力することやレベルの高い教育を求めることは「向上の学び」と言えるだろう。

二、「充足」の高度化と「向上」の学び

人が衣食住の「充足」を追求することはごく自然な人間欲求であるが、経済力の向上とともにその量的拡大のみならず、衣、食および医、住、それぞれの質的充実を欲求することも、また当然のことであろう。経済先進国に限られる話ながら、また経済格差が拡大しつつあるとはいえ、庶民層においてすらすでに服飾、料理、医療、住宅、の各分野で高レベルのモノとサービスを享受することが可能となり、現代人は「豊かな生活」を実現しつつある。

一般に「充足」の高度化は「向上」の生き方に近づく、と見ることができるだろう。

それは「充足」の限界レベルから高次の「充足」へと推移するなかで、欲求の内容が物的なものから価値的なものへと変化していくからである。現代人にとって、物的・生物的欲求はもはや単なるモノ欲求ではない。大げさに言えば、それは自分なりの価値観や人生観に関わる問題であり、したがって「生き方」の問題に重なる選択の問題なのである。だからこそ現代人は、衣、食および医、住の諸問題にこだわり、そこから何かを学びとり、物的に「豊かな生活」を通じて価値的に「充実した生活」を実現しようとするのであろう。

「充足の学び」は、おそらく人類史以前から遺伝子に組み込まれた生物的本能に近いものであろう。そうであればこそ、生きることは学ぶことであり、学ぶことは生きることに通ずるのである。そして、さらに人類は文明人（人間）となって、学ぶことは「より良く生きる」（活きて生きる）ためと自覚するに至った。

「活きて生きる」ための学びは、「生き方」に関わる学びである。それは、いつでも、どこでも、どんなことでも、誰からでも、何からでも、学ぶことができるという無制約な、その点では特殊な学びと言うことができる。『誰からも、何からも学べる』という今回のテーマは、いかに生きるか、良く生きるには何が必要か、といった「向上の学び」に関わる主題と解釈することができる。

何からも学べる――入選作にも音楽や畑から学ぶという趣旨の論文もあった――が、まずは、人は人から学ぶ。人間にとっての「教師」は何といっても「人間」であろう。それは家族や親族、友人や知人、恩師や生徒、上司や同僚といった身近な人々にとどまらない。ときには歴史に名をとどめる偉人や英雄・英傑、さらに文芸・芸術分野や科学・学問分野の達人など、仰ぎ見る人物からも多くの教えや啓示を受けている。

身近な人間であれ、それが手の届かない人物であれ、人が人から学ぶのは、その人物の生きざま、態度や行動、表情や言葉そのものであったり、そこから読み取れる価値観や判断基準であったり、人心掌握術やリーダーシップの要諦であったりするのであろう。人はその人物に憧れ、目標として、自らを反省し努力を誓う。それは高度に理性的で倫理的な精神であり、「より良く生きる」（活きて生きる）ことを願う人間的本性の一面である。

三、「私」のなかの「日本人」

今回の公募論文課題は『私の「先生」』ということなので、学ぶ主体は「私」という個人ということになっている。しかし、ここで「私」について考えるべきことがある。

その「私」とは、実は、物的、生物的、心理的、社会的、文化的、歴史的諸要因によって形成された複合的存在にほかならない。個人は誕生した瞬間にいまの「私」になるのでも、自分の自覚と努力のみでいまの「私」を作り上げているのでもない。つまり一人の「私」にはいろいろな要素が雑多に混ざり合っていて、「私」でさえどれがいまの「私」を代表しているのか不分明なのが「私」なのである。

たとえば、いま（本稿執筆中）まさに日本選手団も大活躍中のリオ・デ・ジャネイロ・オリンピック＝パラリンピックが開催中なのだが、個々の日本選手の「私」を構成しているはずの「日本人」を取り上げてみよう。まず、日本代表選手は国民もそれを期待する「日の丸」をかけて奮闘しているが、その時の「日本人」は心理的、社会的要因としてのそれであろう。グローバルな場だからこそ強調されるナショナルな集団心情である。こうした国民感情は国際的に一般的であって、日本人に固有のものではない。

次に、日本列島に住む人々が太古の昔からある意味で非常に学び上手な人々であったことはよく知られている。門外漢の雑駁な話であるが、日本列島に住む人々は、長い年月のなかで自覚・無自覚のうちに「学び文化」の土壌を培い、かれらはそれを自分の内部に刷り込むことで「日本人」になっていったと考えることができる。人間は動物として自然環境に適応せざるを得ず、人間にとっての学びの対象と教師は原初的には自然環境であり、日本人にとっては日本列島とその自然環境にほかならない。

日本列島は、寒冷地帯、乾燥地帯、熱帯ジャングル地帯とは異なり、人間が年間を通じてほぼ快適に居住する気候に恵まれ、豊かな海と森林と河川にも恵まれている。半面、海岸線とわずかの平地と盆地を除き列島のほとんどが森林山地に占められ、居住可能面積は極めて狭隘である。またそのことが、洪水、台風、地震、津波、噴火といった多発する天災による被害を大きくする災害列島でもある。

このような地勢的特徴は、むしろ列島人を学び上手とする好条件となったことであろう。何より、大陸や南方から文物とともに多様な人間が移住してきたことであろうし、彼らの間で混血はもとより、さまざまな学び合いが行われたことであろう。列島人は豊饒と災厄の自然から多くの生きる知恵を学び、海、山、森、川から多種にわたる恵みを採取して食となし、必要なものを交換して暮らしを立てた。こうしてこの列島では、約一万年の長きにわたる縄文時代を経て、その後の渡来人がもたらした農耕と牧畜を列島の気候と地形に適合的な改良を重ねて日本型農業の原型が形成されることとなった。

日本列島に限らず、人間にとって食を中心とする「充足の学び」の蓄積は文化的DNAとして「日本人」のなかに刷り込まれ、現代に至る二千年のなかで生活の全領域におよぶ「学びの文化」が開花することになったと考えられる。

四、日本の学び文化の制度と理念

かつてわが国の国家政策として、資源小国を理由とする「教育立国」の主張があった。資源の乏しい日本が生き残っていくには人材に頼るしかない、人材教育こそ立国の基盤だ、というわけである。ここでの資源というのは石油、ガス、鉱物資源のことであったから、それは明治期以降の富国強兵政策の一環であったし、昭和戦後の国家再建政策の基本でもあった。その意図は別として、「教育立国」そのものに異存はない。国の基盤は国民であり、重要なのはその教育レベルであることも、まったく正しい。

周知のように、日本には江戸期を通じて武士階級の藩校のほか庶民のための寺子屋制度があり、それによって当時の識字率は世界最高レベルにあったと言われている。日本の教育はその後西欧の学校制度の導入によって近代化を急ぎ、戦後はアメリカの教育制度との折衷によって日米欧の多国籍型教育制度に至っている。

一般に学校教育が制度的に大過なければ、国民の知的レベルは相当の高さにあるとみてよい。そうした基礎教育があれば、あとは個々人の「自学力」によって各自の学びの幅を広げ、あるいは深耕することができるだろう。管見によれば、日本の教育はたしかに重要な欠点もあるが、自虐的に言われるほど劣位にはないし、日本人の自学力も高いレベルにあると言ってよい。

さらに日本の教育の制度的特色に、パーソナルな関係のなかでの後継者養成や、師弟関係での伝承、小規模な私塾での子弟教育といったバラエティがあることを忘れてはならない。それは単なる知識や技能・技術の継承にとどまらず、人間の在り方や生き方を含む「向上の学び」の重要な機会としての役割を果たしてきた。その典型は「道場」における「稽古」であり、それによる「道」の追求である。

日本における学び文化を考えるとき、「道」の理念の効果は大きい。それは各種武道の「道」であり、書道、茶道、華道、香道、さらには芸道、仏道の「道」など各種分野にわたっている。それは一つの分野（道）の奥義《おうぎ》を極めるという何ごとも徹底好きの日本人に合致した考え方であろう。専門に徹するということは、定義上狭い範囲に限定されるという点に特徴がある。ある意味でそれは欠点になるが、その限界を超克する方法は、徹底的に深く立ち入ること、やや理屈をつけて言えば、特殊の徹底化による普遍（真・善・美）への道程《みち》ということになろう。

こうした「道」の精神は現代の「プロフェッショナリズム」にも通じる仕事倫理として捉えることができる。自分に与えられた仕事を「天職」として務め上げ、誠実にその責務を果たすという姿勢は日本人にとって重要な道徳であり、お天道様《てんと》と「世間」と自分（と家族）に対する誠実な「生き方」を表現するものと言えるだろう。

他方において「道」の領域はひとつの教育・学習システムであり、閉鎖された専門領域社会を構成している。「道」の稽古では序列関係が重視され、師匠（師範）と弟子たちの序列は稽古歴と熟練の階層である段位制として制度化され、昇段試験を鍛錬の目標として努力するという教育体制が確立されている。ここでは実力のある者が実績を示して勝利者になるという単純な「能力主義」は通用しない。「心技体」を統一してその道の究極に至るという段階的向上こそ、日本人が考える人生観と言えるだろう。

五、成長という強迫観念

グローバリズムという言葉が普及するにつれて、そこから漂うある種の〝イカガワシさ〟や違和感にも少しずつ麻痺して鈍感になりつつある。

グローバル市場経済システムの宿命は、そこに参加する国が「経済成長」という終わりのない目標に向けて走り続けなければならないことにある。経済先進諸国の成長主義の思想的起源を尋ねれば、おそらく近代西欧的な進歩史観にたどり着くだろうから、その意味ではこの考え方はヨーロッパ固有のものと言えそうだが、日本人も負けず劣らず「成長」が好きだ。

日本人にとって「成長」という言葉はいい響きをもっている。それはまず何よりこどもの成長であり、草木の成長であるから、〝大きくなる〟イメージであり、今後の大いなる可能性を示唆する。しかも「成長」は内容面の充実を意味する「発展」と類縁がある言葉であるばかりでなく、「成長は発展をもたらす」という経験則も日本人自身が作り上げてきたという歴史がある。

しかし私たちはしばし立ち止まって、頭を冷やす必要がある。文明開化の国運のなかで欧米型の帝国主義的「成長」モデルを採用し、富国強兵策の強行から日清・日露の大戦を経て満州事変を引き起こし、太平洋戦争の敗戦によって国土を灰燼に帰した。その大失政の教訓から戦後復興の政策モデルとしたものが、アメリカ型のグローバリズムという「経済成長」モデルであった。帝国主義と国家成長、グローバリズムと経済成長、両者の違いはどこにあるか。

さて、戦後経済史における日本の長期高度成長（一九五五〜一九七二年）は世界的に突出した歴史的事象であった。それは第四次中東戦争によるオイルショックで途切れたが、これを契機に日本経済はグローバリゼーションの波の中に巻き込まれ、八〇年代のバブル経済を経て長期にわたる平成不況とリーマン・ショック（二〇〇八年）を経験することになった。

経済の不安定性は経済現象の本質であるが、かつては経済政策によって経済変動の調整もある程度は可能であった。ところがグローバル経済のなかでは一国経済で完結することはほぼ不可能となり、グローバル経済が大規模・複雑になればなるほど国際的な政治経済の協調が必要となる。しかしすでに明白なように、それは各国の思惑も入り乱れてますます困難となっている。

元には戻れない。これが人類の発展の証明であるのか不明ながら、日本に限らず経済の営みがグローバルな連鎖のなかにあることから脱退することは、もはや不可能となっている。これがグローバル社会の不可逆的現実である。この道を突き進んでいくより仕方がない。

考えてみれば、これは本当にシンドイことである。「成長」と言えば聞こえはいいものの、一国の経済成長とは、前年度の経済規模との比較で得られた成長率を言うに過ぎない。昨年より経済規模が大きくなった、……来年はさらに大きくならなければ、……「停滞」そして「衰退」する。経済が衰退し、国民生活が立ち行かなくなる事態を回避するためには、成長が不可欠である……。私たちは成長、そして経済成長という強迫観念を克服することはできないのであろうか。脱成長論について考え、学ぶ必要はないのだろうか。

六、脱成長という思想

実は、脱成長の経済思想はかなり以前からあり、目新しいものではない。今世紀になって、リーマン・ショック、同時多発テロ、福島原発事故といった深刻な事態の発生を反映して、近年盛んに議論がなされているのが「成長から成熟へ」という転換論ないし移行論である。

個人的にも、成熟経済論という考え方には魅力を感じている。冗談だが、最近は熟成肉ばかりでなく、いまさまざまな食材で熟成食が注目されているという。人間も歳をとって熟年になるとそれなりに味が出て魅力を増す（?）とも言われている。成熟は成長より質が上等なのだ。

熟年ではなく若者の話になるが、平成元年生まれの新世代が二八歳を迎え、これにほぼ重なる「ミレニアル世代」[注2]はすでに世界人口の三割を占め、世界の新たな主役になりつつあるという。新世代の最大の特長は言わば「デジタル・ネイティブ」という点にある。彼らはインターネット、スマホ、ＳＮＳといったＩＴ環境の中で生まれ育ち、それなしの生活は考えられない〝根っからのデジタル人間〟なのだ。

彼らと筆者（および本書の読者の過半）とでは、生まれ育った環境がかなり異なる。私たちは前の世代に反抗し（安保反対、大学紛争）ながらも、戦後第一世代としてＧＮＰ成長主義を支持し「物的豊かさ」を追求した。昭和二〇年代の貧しさと「東京オリンピック」特需を跳躍台として急上昇した「高度成長」の醍醐味を知っていたからである。

他方、ミレニアル世代は世界的なバブル経済の崩壊やリーマン・ショックのなかで幼少年期をすごし、国富と民富のギャップを知り、一握りの超リッチ層と大衆の圧倒的な経済格差に絶望しつつ成長期を迎えた。若くして彼らは現実の虚構性を見てしまったのである。現実のはかなさを知った彼らは、ある意味では「経済成長世代」よりも〝老成〟していると言えるかも知れない。新世代が草食系であるのもやむを得ないのだ。

残念ながら、筆者のようなアナログ人がデジタル人の人生観、世界観を今の時点で明確に語ることは難しい。いろいろな見方があるだろうが、とりあえずここで筆者が注目してみたいのは前世代価値観に対する彼らのマイナー評価と、それをベースにした「生き方」の基本形である。

新世代が過小評価する旧価値観とはいったいどういうものだろうか。これまでの文脈から言えば、経済成長への懐疑であり、巨大企業への不信であり、量産品大量消費の拒否である。おそらく、彼らにとって、旧世代が躍起になって追求した「所得の増大」や「大企業志向」や「積極的消費」の優先順位はかなり低いものであろう。

私たちの世代には強烈な強迫観念として刷り込まれている成長価値は、だからこそ乗り越えるべきストレッサーなのだが、新世代人の場合にはもともとそうした成長幻想はない。彼らは私たちと同じような発想や動機や希望や目標を持っているわけではないのだ。

強引な単純化を承知のうえで言えば、新世代が向かう方向は、ザックリ言えば「脱成長社会」ということなのだろうが、それがどのようなものかはまだはっきりしない。おそらくそれは、戦後昭和人が懐かしむ昭和三〇年代のような〝貧しくも夢のある、素朴で優しく、のどかで手触り感のある〟社会に逆戻りすることではなかろう。

彼らはいまの豊かさを前提としたうえで、〝ガンバらなくてもダイジョウブ〟な草食系の社会を夢見ているだけなのかも知れない。その夢物語は「脱成長の思想」になり得るのか、苦労を知らないデジタル新人類の「仮想現実」で終わるのか、もう少し長生きして見守りたい気もする。そして彼らは何を学ぶべきか、教育界に身をおく一人として、筆者も共に考えたい。

〔注〕

注1　この節題は、本シリーズの前号の副題に同じ。「私の生涯教育実践シリーズ'15『私の生涯学習―生きることは学ぶこと』」

注2　米国由来の新語。八〇年代半ばから二〇〇八年頃までの二五年間に生まれた「デジタル・ネイティブ」世代のこと（らしい）。わが国の「平成人」（一九八九～二〇一六年生まれ）とほぼ重なる。

第一章　家族に学ぶ

義父の人生から学んだ事　私の生き方のお手本は、義父の人生である。人のために生き、苦難から逃げず、前向きに頑張る義父の姿は、しっかりした価値観と生きる力を家族に伝えてくれた。義父ならどう選びどう生きるかを考えると、厳しくも後悔のない道がおのずと見えてくる。最後まで自分の内面を磨き、社会の役に立つことをさせてもらいたいと生きた義父を目標に『謙尊而光』を心に留め、人間力を豊かにこれからの人生をかけがえのないものにしていきたい。

二人三脚の紐が解けるまで――共に学び育み合った日々　生後間もなく脳性麻痺の障害を負った三男と二人三脚で歩んだ、向かい風、長い上り坂ばかりの道は、僕にとっても尊い学習の場であった。二人で学び、育みあった日常の積み重ねが、ささやかな奇跡…三男の今の姿を生んだ。三男が飛び立った今、僕もまた新たに、さらに深く学び繋がり、自分の世界を大きく広げていきたい。

祖母の独りごと　夫の祖母と過ごした日々は鮮明で、その独りごとは私の老後の糧となっている。自分にできることをして人の役に立つこと、ものの命を大切にすること、戦死した息子を思い口にした平和のありがたさ、そして、子供を心配し思いやってくれた恩人の話。祖母との九年間の交流は私に多くの知恵を授けてくれた。これからも祖母の独りごとを思い出し、歳を重ねていこう。彼女は天がめぐり会わせてくれた人生最高の先生だったと感謝している。

文通　父から突然初めての手紙が届く。読み書きのできない父は息子と文通しながら学びたいのだという。「怖いお父さん」だった父にとって、「息子との文通」は、息子に対する歩み寄りでもあり、厳しい躾の思い出をじんわり温かいものに変えてくれた。間違いや無知を指摘されても、恥じることなく、素直に礼を言う父の姿は、私がとうに失っていた、人としてのとても大事な姿勢だった。読み書きを教えているのは私だが、私に多くを教えてくれている父は、やはり私の先生である。

義父の人生から学んだ事

國西　嘉代子

私が生き方考え方の手本にしたいのは、結婚以来三一年一緒に暮らした義父の人生だ。一昨年九一歳で他界した義父は、実の父の顔を覚えていない。一歳の誕生日を迎えてすぐ実父は二二歳で病死したのだ。その後、弟の叔父が継父となり三人の妹が生まれるが、継父もまた二八歳で病死。義父は一四歳で妹達の父親代りとなった。上の学校に進みたかったけれど経済的に厳しく、農作業や土木作業の現場で働き母親を助けた。

二一歳で出征し千島列島で終戦を迎えた。その後カムチャッカ半島や樺太の収容所に三年間抑留された。その生活は厳しい寒さと食糧不足で、戦友が次々と亡くなる日々だった。帰還して暫くは、過酷な体験やソ連の共産主義思想教育から、日本の生活に馴染めず随分苦労したが、結婚し子供が生まれていく中で徐々に穏やかな生活が送れるようになった。

その時の話で一番印象に残っているのは、帰還乗船くじが当たりこれで帰れると喜び一杯になった時、戦友に「私は体が弱っている。次の機会まで待っていたら死んでしまうと思う。その当たりくじを譲ってくれないか」と言われたそうだ。今を逃すと自分もいつ帰れるか分からない。命の保証があるわけでもない。母親も妹達も一日千秋の思いで待っているはずである。早く日本に帰りたい。様々な思いが頭を巡る中、眠れぬ夜を過ごし考え抜き戦友に譲ったそうである。ギリギリの状況でよくその答えが出せたものだと驚いた。

三九歳の時予期せぬ話が持ち上がった。市議会議員の立候補予定者が病気になり、真面目で責任感の強い義父に白羽の矢がたったのだ。固辞したがどうしてもと推された。相談した叔父から「議員は甘い誘惑も多い。決して負けることなく地域、社会のために一生懸命頑張ると誓えるなら出馬してはどうか」と言われた。地域のため企業誘致や農業政策に取り組みながら、常に叔父との約束を自分に言い聞かせていたそうだ。

その日々の中、とても大切にしていた言葉がある。毎朝神仏を拝んでいた義父が、掛け軸にして眺めては、時々高慢になる己を戒め心新たにしていた『謙尊而光』。「易経」の言葉で他人のために苦労しても誇らず、常に低い優しい温かい心をもって人々の幸福のために努力する謙譲の人は、その人格が光り輝き周囲の人からも敬愛されるという意味がある。晩年書き残した物に「―謙は尊くして光る―常に謙を忘れず低い心で何事にもあたるように、私自身が身をもって示していこう」と記しているのを見つけた。終生大事にしたこの言葉には、家族にもそんな人になって、豊かな人生を送ってほしいとの願いが込められているように思う。

五九歳で議員を辞した後、農協の役員に就任した。時はバブルの時代。無理な融資もあった。どの金融機関もそうであったように多額の不良債権が残された。理事会でその責任を追及され、組合長であった義父が一億円を負担する議決がされた。私達家族にその話をした時の表情は、自死してしまうのではないかと思うほど憔悴し悲壮感でいっぱいだった。私達もあまりの金額にどうすればいいのかわからず、目の前が真っ暗になったのを覚えている。

弁護士にも相談に行った。「そこまでの責任を負うことはありません。訴訟を考えたらいかがですか」と勧められた。しかし、義父はその手段を選ばなかった。トップとしての判断が甘かった自分に原因がある。できる限りのことはしよう。お金や土地を残すより人としての生き方を伝える方が大事だと。この決断は家族にとっても大きな試練であったが、義父の思いに従った。特にこれまで選挙や農作業で人の何倍も苦労してきた義母が、一言の恨み言も言わず只々義父の心配をする姿に、義父あっての義母であり、義母あっての義父であると思わずにはいられなかった。家屋敷、田、畑、山全てを担保に入れ、義母、主人兄弟が連帯保証人となり一億円を農協から借入、始末をつけて辞したのである。

そこからが大変な日々だった。利息だけでも凄い金額である。どうにかして一日でも早く返済するため、売却できる田畑を処分し、蓄えていた家中の預貯金を総べて崩した。そして残り数千万円を息子達と親戚一同から借り、ひとまず借入金完済に漕ぎつけた。七〇歳過ぎてこれだけ大きな問題が起これば、心身共にまいってしまうものだが、肚を決めた義父は違った。「迷惑を掛けたままでは死んでも死にきれない。絶対返済する」との強い決意を持って米作り、みかん作りに励んだ。八〇歳過ぎてから新品種の柑橘の苗木を植栽し「収穫するまで生きとれるんかな?」と義母に心配されながらも頑張る姿に頭の下がる思いだった。

胃穿孔、トラックとのバイク事故、脳梗塞と一歩間違えば命を落としてもおかしくない状況でも、元気な体に復活して頑張ることから「不死身のじいちゃん」と呼ばれていた義父は、十数年かけ年金と農業収入からこつこつ返済し、家族以外の借金を完済した。その時の安堵感と達成感に満ちた表情を忘れることはできない。

本来ならしなくてもいい苦労だったのかもしれない。家族共々経済的にギリギリで苦しかったのも事実だ。だがその日々から得たものは大きい。人は家庭という場を律している価値観を自然と身に着け、価値観は言葉以上に実行している人の姿によって伝えられる。そしてどんな価値観を持つかで人生も変わってくる。「何か言いたい事やしたい事があったら、じいちゃんならどうするかをまず考えてみて。そうしたら人を不愉快にする事も間違う事もないから」と娘に釘を刺されている。義父への信頼は絶対である。傍で義父の生き方を見てきたからに他ならない。しっかりしたよき価値観と生きる力を娘たちはもらっている。

人のために生きるのは大切な事。苦難から逃げない事。人のせいにしない事。前向きに頑張る事。感謝を忘れない事。人としての原点を教わった。義父の生き方は家族への最高のプレゼントである。そして、人生の先生として義父がいることは幸せである。

その後も本や新聞を欠かさず読み、心の在り方を学び、他者との関わりを大事にしながら、九〇歳にして自分でバイク、電車、バスを乗り継ぎ免許の更新に行き、みかん山で農作業をし、亡くなる一週間前まで日記をつけ、二日前までトイレに行き、皆に看守られ逝った義父。人間こう逝きたいと思わせる最期だった。

苦難ばかりの人生のようだが見方を変えれば、なんと充実した人生だったことか。「塞翁が馬」ではないが、貧しい生活が強靭な肉体を作りそれが復員に繋がり、過酷な体験が強い精神力を生んだ。またあの大きな問題があったからこそ、力が湧き気力体力を充実させることができ、その姿から家族に未来への道を示すことができた。そして周囲の方々からより深い信頼と尊敬を得ることもできた。人生におこる出来事に良し悪しも幸不幸もなく、どういう心で受け止め対応していくかで、どちらにでもなることを教えてもらった。

人生でおこる様々な問題は、自分が招いたものや、直接自分に責任がないものもある。でもどちらも誰かに代わってもらうことも、無かったことにすることもできない。良いことであっても悪いことであっても自分の責任で受け止めるしかない。問題がおこると悩み苦しみ、どうしても考え方が狭くなり人を責める感情が強くなる。しかしそういう時こそ、自分の運命を立て直すまたとない機会だと捉えられたら、いろいろな方向から問題を見つめることができ、解決の道や周囲の人の優しさにきづく事ができる。そして感謝の心が、前向きに対処する強さを与えてくれるのだ。

人生は選択の連続である。いくつもの「まさかの坂」にも出会うだろう。その時、義父ならどう選びどう生きるかを考えると、おのずから見えてくる道は厳しくともきっと後悔の無いものだ。最後まで自分の内面を磨き社会の動きに目を向け、人の役に立つことをさせてもらいたいと生きた義父を目標に、『謙尊而光』を深く心に留め、人間力を豊かにしこれからの人生をかけがえのないものにしていきたい。

二人三脚の紐が解けるまで
――共に学び育み合った日々

江角　岳志

一日がとても長く感じられた。

やらなければならないことが山積されていたから。

でも一週間、一ヶ月、一年……と、月日が経つほど、振り返ると短く、実に速く感じる。

この十六年余りの月日も、今こうして振り返ってみれば、あっという間に感じられる。

一九九九年十二月三十一日　大晦日の朝に、妻は亡くなった。

となりで眠っていた僕を起こすことなく、独り静かに逝ってしまった。

それからは『ただ今日一日を生きる』その繰り返しの毎日だった。

先のことなどわからないことばかりで、ゆっくりと考える余裕もない。ただ今日一日を全力を出し尽くして生きる、その繰り返しの日々だった。

亡くなる二年前に、妻は乳癌を発症した。妊娠中のことだった。右乳房の全摘出と周辺リンパ腺の切除の手術に併せて早めの出産を同時に行った。

生まれてきた三男は、誕生後に、一時的に脳に酸素がいかない状態に陥ったことにより脳性麻痺の障害を負ってしまった。

生後六ヶ月のときに医師から「この子は、生涯自分の足で立つことも、歩くこともできません」と宣告される。ほかにも、手の麻痺、知能に障害が出る可能性も少なくないと言及された。

でも落ち込んでいても仕方ない。僕と妻は、「絶対にこの子を歩かせてみせる」と、励まし合い、強い決意を胸に、宣告を受けた直後から、早速、三男のリハビリ訓練を開始した。

しかし、妻は、その決意が実現する姿を目にすることはできなかった。

三男は一歳から公立の保育園に通った。

三歳くらいまでは座らせても転倒してしまうので、段ボール箱の中に入れられていた。

それでも僕は、「卒園式の退場のときには自分の足で歩いて退場させます」と、この頃から担当の保育士さんたちに語っていたが、信じる人は誰一人いなかったと思う。

これまで歩けた人が、何らかの理由で歩けなくなり、再び歩けるようにしようとするリハビリ訓練と違い、三男の場合は歩いた経験がないため、歩く動作の一つひとつを覚えさせることから始めなければならなかった。立っていることもできない三男の背後に回り、しゃがんで、肩で三男の体を支えながら、両足首を掴んで、歩き方を教えた。反復、反復、ひたすら反復。二人が、ぼたぼたと落とした汗が、地面に落ちて染みとなっては消えた。

その甲斐もあって、手をつないでだったけれど、三男は、卒園式の退場のときに自分の足で歩き、参列者の熱い涙と拍手に包まれながら五年間通った保育園を送り出された。

小学校は地元の公立の普通学級に進学した。

上下左右、長短、高低、奥行などを認知する空間認知能力に欠け、握力が弱くて鉛筆もまともに握れなかったので、ひらがなひとつ書くにも時間がかかった。それが、三男の学習のはじまり、の状態だった。

入学前に、市の教育委員会から、養護学校（後に特別支援学校となる）へ進学するように強く勧告された。しかし、僕は、介助の方に付いていていただければ（その支援制度が開始する年に当たった）、普通学級でもやっていけると思い、医師、理学・作業療法士、保育士の専門家の意見を取りまとめて提出し、市の教育委員会の決定を覆しての進学だった。

三男にとっての小学校生活は、学習面だけでなく、階段の上り下りなど困難なことばかりで、「やっぱり無理だったかな」何度もそう思わされながらも、担任の先生、介助の方と話し合い、協力し合って、いくつもの壁を乗り越え、何とか一学期を終えることができた。

「これをあと十七回（十七学期分）やり通せば、小学校を卒業できるんだ」

初めての成績表に感動しながら僕は呟き、卒業式のときに自分の足で歩いて卒業証書を受け取る三男の姿を思い描いていた。

そして、実際にその思い描いた通りになった。

一年生の間は車椅子、二年生から五年生の二学期までは四隅に車輪が付いた歩行器、五年生の三学期からは杖を使い、また短い距離では杖も使わないで自立歩行できるまでに、毎日のリハビリ訓練により機能回復していた。また学習面も、小学四年生くらいからは、みんなと同じように授業の内容についていくことができるようになっていた。

中学校も公立の普通学級に進学した。

体育祭では、百メートル走を三十メートルに短縮してもらったが、自力で走り切り、夏のプールでは、背泳ぎで、足は動かないので、手だけで百七十五メートル泳ぎ、スキー教室にも参加して、インストラクターに支えられながらもゲレンデを滑降した。

成績も五段階で、二〜三教科が四で、あとは三という成績を維持し続けていた。

二年生の三学期からは、自分から進学塾に通いたいと言って、高校受験に備えたが、残念ながら志望した公立高校に合格することはできなかった。私立高校は、障害を理由に、実質入学拒否だったので、三男は、特別支援学校の高等部に進学した。

九年間通った普通学級とは、あまりに大きく異なる特別支援学校独特の雰囲気と環境に、三男は戸惑い、苦しみ、心は疲弊していった。

そこから立ち直るきっかけとなったのは、入学から二ヶ月後の六月に、学校の地域交流事業の一環として行われた、教育・福祉系の大学であるS大学への訪問だった。

模擬授業を受けたあとに、発達臨床心理学の教授と話す機会を得て、心理学に興味を覚え、また教授の人柄にも強く惹かれた三男は、この日に、S大学へ進学する決心を固め（合格の目安となる偏差値もわからないうちに）、目標に向かって歩み始めた。

それからの三男は、学校の先生方に、放課後と夏休みなどの長期休暇にも受験のための補習をお願いして勉強に励みながら、生徒会活動や生徒が主体となる学校行事にも積極的に参加した。生徒、先生方からも信頼される、明るいムードメーカーの、リーダー的な存在になり、自分より障害の重い子供たち（が多い）のことを思いやる心も育んでいった。

そして、推薦入試（約四倍の倍率）でS大学を受験し、初心を貫き、見事に合格した。

合格通知書を手にして喜びに声をあげて泣いている三男の背中をさすっているうちに、不覚にも僕まで涙をこぼしてしまい、父親が泣いている姿を初めて目にした三男は驚き、それで泣きやみ、それからは二人して笑い合った。喜びに満ちたひと時だった。英語検定試験の二級にも合格して、完全燃焼した三年間の高校生活を締め括った。

小学校入学から高校卒業までの十二年間を通して、学校の出席率はほぼ皆勤だった。こうして二人三脚のように、いつも三男に寄り添ってきた生活も、三男の大学入学を機に終わった。まだ大学に入学してから半月ほどで、生活の形態も同居のままで何も変わってはいないが、二人の脚を結んでいた紐が自然に解け、三男が、一気に僕の元から飛び立って行った感じがしている。

大学では、障害によって取得できない単位があるかもしれないが、小学校の教員免許と特別支援学校の教員免許の取得を目指して勉強し、また近い将来に自立して生活できるようになるために、これまで以上にリハビリ訓練もがんばる、と三男は言っている。

長男は結婚して自分の家庭を持ち、二男も看護師となって自立を果たした。僕の子育てのゴールが見えてきた。

妻が亡くなってから、家事と子育て、それとリハビリ訓練にできるだけ多くの力を注ぐために、内職のような仕事に切り替えた。家計は楽ではなかったが、夏休みになると、車で日本中を旅して回った。それ以外は、半径五百メートルほどが、僕の生活圏だった。自分の体と心の健康を保つためというより、体と心が求めるままに、軽いジョギングなどで体を動かすこと、本を読むこと、その時々の気持ち、思考を書き留めることを、わずかな時間であっても毎日欠かさずに続けた。

三男と寄り添うように、二人三脚で歩んだ道、その日常は、三男にとってだけでなく、僕にとっても学びの、尊い学習の場であった。

二人で学び、育み合った日々が、その日常の積み重ねが、ささやかな奇跡……三男の今の姿を生んだと思っている。

努力したことが必ずしも成果に結びつくとは限らない。そのことも嫌というほど経験している。それでも思う。努力することこそが素晴らしい。努力することでしか実感できる幸せは得られない、と。

あたりまえのことなど、なにもない。

こうして生まれてきたこと、生きてきたこと、生きていること、不思議なことばかりだ。

この不思議さを前にしたら、弱者も強者もない。

向かい風ばかりの、長い上り坂ばかりが続く道を歩き続けてきたことで、ずいぶん鍛えられたが、自分が強くなったと思う分だけ、自分の弱さにも気づかされる。特別支援学校で出会った子供たちの真の強さに触れるたびに、胸が衝かれる思いを何度もしてきた。僕はこれからも、まだまだ学んでいかなければならない。この不思議さと真摯に向き合い、謙虚な気持ちで学んでいきたい。

学ぶとは、繋がることだ。過去とも未来とも、多くの人たちとも繋がることができる。三男が飛び立って行った今、僕もまた新たに、さらに深く学び、繋がることで、自分の世界をもっと大きく広げていきたいと思う。

祖母の独りごと

森　千恵子

人生で心に残る人との出会いが、何度かあった。中でも夫の母方の祖母と過ごした日々だけは妙に鮮明で、思い出すことが多い。平凡だが、淡々としたぶれない生き方や人生観に憧れ、私の老後の支えとなっている。

私が嫁いできたとき彼女は八十三歳で、小柄だがとても元気なおばあさんだった。炭鉱景気全盛時代の福岡県飯塚《いいづか》市で生まれ育っていた。彼女は六男一女の母で、ひとり娘の嫁ぎ先は博多の旅館であった。子供たちがそれぞれに所帯を持つと、各家庭を訪問しながら一年を過ごすようになった。そうなった理由は分からなかったが、落ち着かないのではと気になった。彼女のことを思ってのことだったのか、ときどき腹を立てる人もいた。

「親をたらい回しにして……」

次の家へと行く荷作りを手伝いながら、

「あちこちで暮らすのは、落ち着かなくて大変ですね」

私がなにげなく言うと、

「老後の生き方はいろいろありますが、私の過ごし方も楽しゅうござすよ」

その訳を、にこにこしながら話してくれた。

「つぎつぎに家を回って、子どもたちが頑張っている姿を見れば嬉しくて安心しますしな。毎年お世話になるたびに、孫やひ孫がぐんぐん大きくなっていく。なんとありがたく、幸せなことでっしょうな」

根無し草とも思える日々も、心の持ちようひとつで楽しく、幸せを感じることができるのだと教えられた。

私も高齢者の仲間入りをした。祖母の老後の暮らしは、ひとつの選択肢だったのかもしれない。するとますます、祖母とのかつての日常や、なにげなく話した言葉が意味をなしてきた。今ではそれらが、私の老後の糧となっていることに気付かされている。

夫の母はたった一人の娘だったので、祖母もかわいかったのだろう。我が家に滞在する期間が、いちばん長かった。娘の嫁ぎ先が旅館だったので人手も多いほどよく、活躍の場もいろいろとあったからだった。

私は少しずつ旅館の仕事を覚えながら、祖母との時間を楽しみにするようになった。幼い頃、祖母を亡くしていた私にとって彼女との日々は、ふたたび祖母と過ごしているようなひと時をもたらしてくれた。時間が、ゆっくりと私たちを包み込み流れていった。

午前中の忙しさから解放された午後のひとときは、楽しくてわくわくした。一年中、大きな鉄瓶がかかった火鉢のそばが、私たちの休憩場所だった。小さな座布団に正座した祖母が、客用の箸袋に割り箸を詰めながら、誰とはなしにぽつりぽつりと昔話をする。私がうなずいたり相づちをうったりすると、

「年寄りのボケ防止の独りごとですけんな。右から左に聞き流してつかさいな」

いつもそう言って、私の手をやさしく握った。話は江戸末期から明治、大正、昭和へとつながり、私は知らない世界の中で遊んだ。

使い古したタオルで雑巾を作るのも、飽きずに見入ったものだった。祖母は若い頃、

近所の娘さんに和裁を教えていたので、雑巾といえども見事な出来栄えであった。糸も無駄なく使い、等間隔に揃った糸目を見ると、タオルが生き返ったようだった。私は今でも彼女の手仕事を見習って、針を運ぶことを楽しみにしている。雑巾もたくさん作りおき、何かと便利に使っている。

夕方から旅館の台所は、てんてこ舞いだ。祖母は米寿過ぎまで、燗つけや茶碗拭きを手伝ってくれた。仕事は長時間に及ぶこともあったが、大活躍だった。お礼を言うと、

「よか運動ですたい。自分にできることしかしておりまっせん。お役に立ててよござした」

背筋をぴんと伸ばしながら微笑んだ。幾つになっても、自分にできることをして人の役に立ち、笑顔で過ごしたいものだ。彼女を見習わなくては、と思うことも多かった。

祖母はものの命を大切にする人だった。食事にも好き嫌いが無く、出された物を感謝しながらいただく。私は「明治のハイカラさん」と呼んでいた。和食だけではなく、グラタンやハンバーグ、ピザも大好きだったからだ。なんでもおいしそうに食べるので、作りがいがあると私が喜ぶと、

「昔の暮らしや戦時中を思えば、今は夢のような食生活ですの。ものの命をありがたくいただかないと、罰が当たりますな」

なんども頭を下げながら食べていた。その折には、戦死した息子のことを思うことがあったようだ。六人の息子全員が戦地に赴いていたが、五男だけが沖縄で戦死していた。

「あの子にも食べさせたかったが……」

箸を止めぼんやりしていることもあった。愚痴を言わない祖母が、たった一度だけ口にした言葉が強く心に残っている。

「与謝野晶子というお方は、大勢の母親の気持を世の中に向かって叫んでくれなさった」

「えっ！　……」

彼女の詩『君死にたまふことなかれ』を読んでの感想であった。

「かならず帰っておいで、と言いたかったが、正しいことが正しいと言えない時代でな。悲しくて、悔しくて……」

平和のありがたさが身にしみる、祖母の独りごとであった。

また日常生活のさまざまな個所で、こうつぶやくのをよく耳にした。

「もったいのうござすな」

今では死語になりつつある「もったいない」を、生かす知恵を示してくれた。客室から下がってきたおひつに残る米粒をざるに取り、念入りに水洗いをする。それをさらし袋に入れてゆっくりともむと、自家製糊の誕生だ。宿の常連さんの中には、この糊でパリッとさせた浴衣を好む人が多かった。ある人が、

「おふくろを思い出します」

やさしい目をして懐かしがっていた。

お茶がらも大量にでる。それを天日干しにして、カサカサと音がするようになると茶枕を作ってくれた。アトピーだった私の子供には、小さな小豆枕をプレゼントしてくれた。

「むかし小豆は、解毒薬として使っていたし、ほてり解消に役立ちますけんな」

茶枕も小豆枕も、長い間愛用させてもらった。娘が、曾祖母の思い出を語る。

「小豆を見ると、ひいおばあちゃんが話してくれた昔話を思い出して元気が出るわ」

ひ孫たちにも、平等に愛情を注いでくれた。どの家のひ孫も、彼女が縫った産着や着物を着て大きくなっている。やわ肌への配慮も万全で、肌着はどれも縫い目が表になる

ように縫われていた。七十歳まで呉服屋の仕立てをして働いていたので、腕は確かだった。

また甘酒造りがじょうずだった祖母は、ちゃめっ気もあった。できあがるまでの間、容器に合わせて縫った丹前を着せていた。まるで、着膨れした童が座っているようだった。

「甘酒さんや、ゆっくりゆっくり、おいしくなってつかさいな」

話しかけながらにこにこしている。翌日、丹前を脱いだ甘酒は上出来であった。祖母の接し方を見ていると、どんなものにも命が宿り、心を込めれば伝わるのだと感じた。

「またしばらく、お世話になります」

仏壇に花や膳をあげ、我が家の先祖にも声を掛けていた。私には両家の親の語らいが、異空間から聞こえてくるようで心が和んだ。

暮らしは日々刻々と、生きて流れた。祖母の昔話は私を夢中にさせ、記憶の引き出しに蓄積されていった。彼女にも、生涯忘れられない恩人がいるという。子育てをしながら呉服屋から注文を受け、忙しく働いていた頃のこと。いたずら盛りの子供たちが喧嘩を始めた。着物にコテを当て仕上げの最中だったが、泣き声に慌てて席を立った。そのとき、うっかり着物の端をこがしてしまった。動転した祖母が、呉服屋の女将さんに叱

られるのを覚悟で手をつくと、

「お子たちが、やけどをしなくてよかった」

思いがけなくやさしい言葉が返ってきて、涙が止まらなかったそうだ。

「ほんとうは、叱りたかっただろうに……」

取り返しのつかないことを言って悔むより、視点を変えてその場を丸く収めることを、私も学んだ。着物より子供の心配をしてくれた女将さんは、生涯の恩人だと手を合わせながら話した。その後祖母は、よりいっそう心を込めて針を運んだ。また、同じようなことがあった。飯塚市幸袋《いいづかしこうぶくろ》の息子宅に滞在していたときのことだった。すぐ近くには、伊藤伝右衛門邸があった。孫が伝右衛門氏の孫と同級生で、お屋敷で遊ぶことが多かった。邸内には芭蕉布でできたふすまがあり、今も大切にされている。それを孫たちが破いてしまい、謝りに行くと主が顔を見せ、

「子どもたちがケガをしなくて幸いです。ふすまは、張りかえればよろしいので」

笑っておられたという。話を聞きながら、遡行する流れの中から見えてくるものがあった。子供を見守る人間の心は、いつの時代にも変わりなくやさしいのだと。

「子どもは家族だけではなく、隣人や地域の人達の温かい見守りに支えられて、大きくなっていく。困った時は話してごらん」

予測不能な子育ての道で悩んでいるとき、なんども祖母の言葉に救われた。九年間に及ぶ祖母との交流は、多くの知恵を授けてくれた。人の日常も、受け止め方も千差万別だ。彼女は老いては子に従い、人生を淡々と心地よく送る達人であった。祖母は九十二歳のとき、私の家で亡くなった。火鉢のそばの小さな座布団を見ていると、ひときわ寂しさが募る。これからも祖母の独りごとを思い出し、歳を重ねていこう。彼女は天がめぐり会わせてくれた、人生最高の先生だったのだと感謝している。

文通

大西　賢

離れて暮らす父親から手紙が来たのは三年ほど前のことだ。これにはびっくりした。父親から手紙をもらったのは生まれて初めてだったからだ。

それまで父が字を書いているのを私は見たことがなかった。ウソのように聞こえるかもしれないが、本当の話だ。中学を出てすぐに就職をした父は、読み書きができなかった。識字率の高い日本では珍しいかもしれないが、父はその珍しいうちの一人だった。ひらがなの「め」と「ぬ」の違いが父にはよく分からない。「お父さんは」というところを「お父さんわ」と書き、「わがむすこへ」というところを「わがむすこえ」と書いてしまう。その父が電話ではなく手紙で私に発信をしてきたことに、本当に驚いた。

手紙に書いてあったことは父の他愛のない近況であり、やはり間違いだらけの文章だったが、どうして手紙を書く心境になったのか。それを知りたくて実家に電話すると、母が出た。たまたま父はいなかったのだ。

「お父さん、あんたと文通しながら読み書きを学びたいんだって」

母は笑いながらそんなことを言った。文通というのは普通、他人同士でするものであり、親が子に申し込むものではないのだが、父の場合は「学習」の意味もあり、相手は息子が適任だったらしい。

私は父とたっぷりコミュニケーションをとったという記憶がない。父が家族を大事にしなかったわけではない。調理師という仕事柄、労働時間が長く、家族と十分にコミュニケーションをとる時間的余裕がなかったのだ。朝、暗いうちから仕入れのために築地に買い出しに行く。そのまま夜の十時、十一時まで仕事は続く。そうなると、家には寝るために帰るだけになり、当然家族とのふれあいの時間はなくなる。精力的で短時間睡眠の父は、この環境に耐えられた。仕事が大好きで、なおかつ仕事のあとの麻雀も大好きという父は、信じられないぐらいよく活動した。家族とのコミュニケーションが不足したのも、字の読み書きができないのも、父が怠惰だからではなく、あまりにもやるべきことが多かったからなのだ。

父の仕事人生はとても充実していたと思うのだが、父には父で、読み書きができない悔しさが頭の片隅にあったようだ。

私が大学生のとき、サークルの合宿で、一ヶ月ほど九州に滞在していたことがあった。当時は携帯電話などなかった。お金のある学生なら長距離電話で親子の会話を楽しめたのだが、私は貧乏学生だったので、それができなかった。三日に一回ほどのペースだっただろうか、私は近況をハガキに書いて両親のもとへ送った。

このとき、父は忸怩たる思いだったそうだ。

母は私の近況をスラスラ読み、スラスラ返事を書いている。だが、父にはそれができない。合宿中の一ヶ月、父は私とコミュニケーションをとれなかった。そのことを、父はずっと気にしていたというのだ。

「あんたが合宿に行っているあいだ、お父さんずっと『字が書けたらなあ』って悔やんでいたわよ」

電話口で母が言った。

父はあの「空白の一ヶ月」をずっと気にしていたのだ。だが、なぜ今頃……？　息子に手紙を出すチャンスはいくらでもあったし、読み書きの練習を始めるチャンスもいくらでもあったはずだ。母にそれを訊くと、

「あんただって学校を出てから勉強をしたくなったじゃない」

と言われてしまった。

学生のあいだは勉強しないのに、学校を出てから勉強したくなる。多くの人が経験していることだろう。私もその一人で、三十歳を過ぎてから英語の勉強を始めた。父も同じようなものだったのだ。当時七十歳の父は、年齢的にも体力的にも労働市場から撤退する頃だった。その年齢に達して、ようやく父は勉強する気になった。

これは私の勘だけど、父は七十歳になるまで「勉強する意欲」を溜めていたのではないか。コップが満タンになるまで、人それぞれ時間が違う。父の場合、「勉強しよう」という気になるまで、七十年かかった。他の人に比べてとても時間がかかったが、それが父という人間だったのだろう。

父は中卒だが、中学卒業レベルの学力はまったくなかった。なにしろ読み書きができ

ないのだ。こうなると、「勉強しよう」という気持ちになるにはすごく時間がかかるのではないか。

また、人間的に、それほど攻撃的なところがない人だった。高学歴の人に対して敵意を向けるようなことは一切なかった。誰かに学歴を訊かれれば、さほど恥ずかしがらずに、

「中卒です」

と答えた。

もし父が学力や学歴に強烈な劣等感を持っているような人だったら、勉強の開始はもっと早かっただろう。また、読み書きができないために大変な恥をかいたという経験でもあれば、やはり勉強の開始は早まっていただろう。残念ながらというべきか、父にはそのどちらもなかった。読み書きができないなりに充実した職業生活を送り、読み書きができないなりに他者と楽しく付き合っていた。

私の合宿中、コミュニケーションをとれなかったというネガティブな経験がなかったとしたら、父の学習開始はもっと遅かったかもしれない。七十歳の時点で読み書きの勉

強を始めてくれたということは、もしかしたら私たち親子にとって「わりと早く訪れた幸運」かもしれない。

父は読み書きができなかったから、「勉強しろ」とうるさく私に言うことはなかった。だからといって、まったくの放任主義でもなかった。夏休みなど、学校が長い休みになると、どうしても若者の生活は昼夜逆転してしまうが、そんなときは、

「朝はきちんと起きろ！」

と厳しく言った。近所の人に挨拶をしなかったら、

「知り合いに会ったら挨拶しろ！」

と厳しく言った。道徳上もっともな叱責だったが、私には父が怖い存在でもあった。七十歳になって、父には息子と和解したいという気持ちが芽生えたのかもしれない。それまでの「怖いお父さん」がある日突然、息子に対して、

「読み書きを教えてくれないか」

とはなかなか言いにくいだろう。手紙とは、うまいことを考えたものだと感じた。手紙なら親子の和解もおこなえるし、それと同時に読み書きの練習にもなる。父から来た

手紙の文面には、

〈あの時は父さんがきつく言いすぎた〉

とか、

〈お前にもっとオモチャを買ってあげればよかった〉

といった反省ともとれる言葉が並んでいる。「息子との文通」は父にとっては「学習」だが、息子に対する「歩み寄り」でもあった。ミミズがのたうち回っているような字で書かれたそれらの文字は、妙に味があり、父から過去に受けた厳しい躾の思い出を、じんわりと温かいものに変えてくれた。

父の学習レベルは「学問」と呼べるようなものではない。小学生レベルの漢字を習得しているような段階だ。しかし父の表情は明るい。

「勉強って楽しいもんだなあ」

と言葉に出すようなことはしないが、自分の想いを息子に伝え、息子からの返事を自分で読むという作業そのものに、強い充実感を感じているようだ。

たまに実家に帰ると、父と私、それに母もまじえて、文章談義に花が咲く。

「父さんの字はここが読めない」

「父さんはこの漢字を間違って読む」

そんなことを親子三人で指摘し合っては、みんなで笑い合う。

父が一番年上であり、母も私も父よりはずっと年下だが、年下から間違いを指摘されても、父はまったく怒らないし、恥ずかしがる素振りもない。それどころか、間違いを指摘されるたびに、

「ああ、なるほど、こう書くのか。初めて知ったよ」

と新しいことを学んだ喜びを感じている。正直、これはすごいことだと思った。

大人になればなるほど、間違いを指摘されることに屈辱を感じてしまう。歳をとればとるほど知識も増えていかなければならないという思い込みが私にはあり、そのため、自分の無知を誰かに指摘されると、私の場合、すごく恥ずかしかったり、恥をかかせた相手に怒りを向けたりした。

ところが、父の場合はそんなものがなかった。間違いや無知を指摘された場合、相手がどれほど年下でも「では何が正解なのか」と訊き、正解を教えてもらうと素直に礼を

言った。それは私がとうの昔に失っていた、人としてとても大事な姿勢だった。

今も私は父に読み書きを教えている。だが、その反面、父は私に多くのことを教えてくれている。間違うことはなんら恥ずかしいことではないこと、歳をとっても知らないことは沢山あり、それらは知っている人に訊けばいいこと。そして教えてくれた人には素直にお礼を言えばいいこと。それら、私が抵抗を示していたことを父は私に教えてくれている。

読み書きを教えているのは私のほうだが、父のほうがやはり、私の先生である。

第二章　子弟に学ぶ

心こそ大切なれ

宮大工の親方から学んだ「宮大工になる前に人間になれ」「心こそ大切なれ」の言葉。足の不自由な野球部の教え子K君が教えてくれた「諦めない心」。定時制高校の生徒たちには、教科書以外のほとんどのことを教わった。宮大工、教員生活で会得したことは、教えることは教わること。生涯、学ぶ心を持ち続け、これからもずっと夢を追いかけて生きてゆきたい。

私を教師にしてくれた生徒たち

教師の私は、全体学習と呼ばれる人権学習の授業で、大勢の前で勇気を振り絞り、自分の言葉で考えや思いを語る生徒たちに、心の物差しを変えられた。学生時代の私がどうしてもできなかった、まわりの仲間を信頼している姿に、私は衝撃を受ける。言葉が人を変え、人を作る。言葉を通して人と人がつながる。人が人によって人として磨かれていくのだ。出会った生徒たちへの感謝の気持ちが今も私の背中を押し続ける。いつまでも私の先生は私の生徒たちだ。

学びは心の中で生き続ける

看護専門学校の校長を拝命した私には、看護職を目標に定めた十七歳の頃から感謝を伝えたかったが伝えられていない二人の師がいる。常に相手と真剣に向き合うことを教えてくれた大照先生、人を尊重する大切さや助産師への扉を開いてくれた山田さんに、「私はお二人のように人の役に立つ生き方が出来ているでしょうか。二人に感謝しながらこれからも頑張ります。」と伝えたい。

スーパーヒーローになったら

うつ状態で毎日が不安で一杯だった私は、故郷の小学校の先生に会いに行く。昔と変わらず、遊び心と好奇心が旺盛で、七十五歳の今もスーパーヒーローを夢見る先生の姿に、私は救われる。人生を楽しむには探究心や好奇心などを、少しずつで良いから行動にうつすこと、そして何が自分にとって一番大切かを知ることを学んだ。先生は、今もこれからもずっと私の「スーパーヒーロー」だ。

牧野先生の背中

小学生のとき「牧野先生」と運命の出会いをした私は、先生のような植物学者になることを夢見るが、大学受験をきっかけに自分の進む道を見失ってしまう。そんな私の目を開いてくれたのは、大学創始者の言葉だった。今の私には、植物と人間のより良い関係の一つとして、薬が存在できるようにしたいという夢ができた。牧野先生に教えてもらった植物を愛するということを、先生に負けないくらい一生懸命貫こうと思う。

心こそ大切なれ

阿部　広海

友と会う時は春風のように爽やかに
仕事に向う時は夏の太陽のように情熱的に
考える時は秋空のように澄んだ心で
自分には北風のように厳しく
　心こそ大切なれ　夢を掴め

弟子入り当初に親方からもらった手紙である。

私は中学を卒業するとすぐに宮大工の修業に入った。親方の家に住み込み、そうじや使い、庭の手入れ、子守もやった。月にもらえるお金は五千円、全部田舎の母に仕送りをし家計を助けた。夜は定時制高校に通い建築の勉強に励んだ。学校から帰ると必ずすることがあった。今日、現場で教《おそ》わったことの復習と道具の手入れ、それと明日の仕事の段取りを終えて午前二時頃やっと床につく。朝は五時に起床、七時には現場に入る。そんな毎日だった。

神経を張りっぱなしの仕事はきつかったがそれ以上に親方は怖かった。どじをすれば容赦なく飛んでくる鉄拳、アザやコブのできない日は無かった。悔やしさと歯がゆさで泣き明かした夜もあった。でも、いつかは日本一の宮大工になるんだ。そんな夢があったからどんなに辛いことも我慢できた。「仕事は見て覚えろ」ただ黙々と親方の手さばきを見て必死で覚えた。夜、工房で何度も何度も練習し、納得いくまでやる。一日一日が勝負だった。

親方の仕事に対する情熱と宮大工魂のすごさは半端ではなかった。また自分にも厳しい人だった。

「木は正直だ。人間はそれ以上に正直でなければ宮大工の資格はない。木と対話できるようになってはじめて一人前だ。」雨が降ると現場での仕事はやらなかった。湿気で木が収縮して狂うからである。社寺建築はミリ単位の狂いが命取りとなる。日本建築の伝統美と繊細さは職人技の集積であり、魂である。組子の曲線や反りの微妙なちがいは鍛えあげた勘でしかわからない。宮大工は電動工具は使わない。全てが手の感覚で木を刻む。木と人間が一体にならなければあの美しさは表現できない。

現場で親方が腰をおろして休んでいる姿を見たことがなかった。いつも弟子や下請職人に目を配り、心を配り動いていた。ある時、完成間近い現場で火の不始末からボヤを出してしまったことがあった。幸い御堂の広縁を焦がしただけで済んだが、弟子たちを一切責《せめ》なかった。一言も文句を言わず、自分で全ての責任を負い一ケ月現場に泊り込み補修作業をしていた。

寡黙でめったに誉めてくれたことはなかった親方だったが、折々に文字に託して励ましてくれた。

翌日の仕事の段取りが終わると日報（報告書と反省文）を書いて親方の所へ持っていく。夜どんなに遅くなろうとも親方は起きて待っていた。だから弟子よりも早く就寝することはまずなかった。

日報は唯一、親方の心を感じる手段だったので毎日しっかり書いた。反省文の最後に必ず一言コメントが書いてあり、それを読むのが嬉しかった。苦言や注意が多かったが、あったかい言葉で励ましてくれたこともあった。今でも私の心に焼きついている言葉がある。〝宮大工になる前に人間になれ〟である。三年を過ぎた頃だろうか、仕事も覚え、宮大工の面白さを感じはじめ少し有頂天になりかけ道具の手入れを怠ったことがあった。ひどく叱られ家を出されたことがあった。当時の私にはこの言葉の意味がよく分からなかったが、後に私の人生の指針となる言葉となった。

こうして宮大工としての基礎をたたき込まれ十年が過ぎた。年季が明け小さいながらも店を構え、新しいスタートをきった。その矢先のことだった。雨明けの現場で足を滑らせ足場から転落、腰椎骨折、脊椎損傷の重傷を負ってしまった。

入院、リハビリ、自宅療養と二年間も仕事ができず車椅子に頼らざるを得ない生活になってしまった。こんな私をみて親方は息子のように心配してくれた。下肢は不自由だが手は動く、親方の計らいで母校の実習助手として採用してもらえることになり、第二の人生が始った。親方は自分のことのように喜んでくれた。

「宮大工だって一生かかって、せいぜい十人くらいの弟子しか教えられないんだ。学校の先生だったらその何十倍も教えられる。人を育てることは宮大工も先生も同じことなんだ」落ち込んでいた自分をふるい立たせてくれた一言だった。

〝宮大工になる前に人間になれ〟

この言葉の本当の意味が分かったような気がした。

その後、六年かかったが大学の通信教育で教員免許をとり、正規の教諭になることができた。足は不自由だったが何事もチャレンジ、前向きになろうと思い野球部の監督を引き受けた。そこでまた、私の人生を変える運命的な出会いが待っていた。K君との再会であった。K君とは三年前、養護学校中等部で本校の出前授業があり、一緒に住宅模型を作ったことがあった。手先の器用な子だったのでよく覚えていた。

K君は先天性の小児麻痺（股関節脱臼）で下肢が不自由だった。それでも頑張屋のK君は、大好きな野球がやりたいと野球部に入ってきた。足のハンディなど全く気にせず、いつも明るく笑顔で練習にとりくんでいた。足を引きずりながらも皆の後を必死で走り、ボールを追う姿はチームの模範だった。控え選手でもくさらず、球拾い、グランド均し、道具の運搬など、率先してよく動いてくれた。

入部して二ケ月ほど経った頃だった。練習の後、車椅子の私に声をかけてきた。

「先生、足悪いの諦めていない……？僕も小学校六年までは車椅子だったけど、野球がやりたい一心でリハビリして頑張ったら歩けるようになったよ。全力では走れないけど自分の足で立てるから打つこともボールをとることもできる……先生だってきっとできるよ。諦めちゃだめだよ……」

私はその力強い言葉にハッとした。私もまだ若い、やればできるかもしれない。野球部の監督なら、という意地もあった。

早速、主治医に相談し、リハビリのプログラムを作ってもらい、まず自力で立つ訓練から始めた。部活の後、鉄棒につかまり何百回何千回と足を動かし、プールの中でも歩行練習をした。K君もいつも一緒で、手を貸してくれ夜遅くまでつき合ってくれた。くる日もくる日もボールを追いかけながら足を鍛えた。彼に励まされ日ごとに足の運びがよくなっていった。そしてついに車椅子におさらばすることができた。諦めかけていた弱い自分に勝てた。そう思うと涙が止まらなく嬉しかった。

諦めない強い心があれば人間は変われる。努力すれば奇跡は起きる。また一つK君から学んだような気がした。

K君の諦めない不屈の精神力は、野球の試合でも発揮された。四年生の時、全国大会の三回戦夢舞台神宮球場、九回裏二死満塁からの逆転タイムリーは、まさにミラクルだった。

「先生！やっぱ奇跡ってあるんだね。」あの誇らしげな満面の笑顔が忘れられない。現在、設計事務所の所長である。水泳で二度のパラリンピックにも出場し、今はコーチとして後進の指導にあたっているという。

宮大工から定時制高校の教員になって三十四年、いろいろな生徒と関わってきた。昼間働き夜学ぶという決して恵まれた環境ではない彼等《かれら》だが、いつも目は輝いていた。親のいない子、自閉症や引きこもりで不登校な子、喫煙、暴走族など非行に走る子、低学力で授業についていけない子。それでもみんなで助け合い励まし合いながら卒業していった。努力は足し算、協力は掛け算、クラスでかかげた目標だった。K君と同じように、みんな立派な社会人として、それぞれの個性を開花させ活躍している。教師になってつくづく良かったと思う。

学校では教師面《づら》をして教壇に上っているが、教科書以外の殆どのことは、生徒たちから学んだ気がする。人間とは、人生とは、幸せとは、平和とは、みんなみんな答えを彼等は教えてくれた。彼等に会わなければ一生閉ざされていた心の宮殿を開くことはなかっただろう。

私には小さな夢がある。間もなく定年を迎えるが、自宅の工房で大工塾を開きたいと考えている。子どもたちには木と遊びながらもの作りの楽しさを教え、若い職人には技術を磨いてもらう。そんな場にしたい。実習室の他に模型やパネル写真の展示、宮大工の紹介、現場のシアターコーナーも併設したい。コンセプトは、木を通しての人間育成、もの作りは人づくり、である。

親方から学んだ〝宮大工になる前に人間になれ〟、〝心こそ大切なれ〟、K君から教《おそ》わった〝諦めない心〟、このことを引き継いでいきたい。

宮大工十二年、実習教員三十四年で会得した教えることは教わること。生涯、学ぶ心を持ち続け、これからもずっと夢を追いかけて生きてゆきたい。

私を教師にしてくれた生徒たち

福田　恵

ふつう学校といえば、教師が生徒を教える場所であるが、私は生徒からたくさんのことを教えてもらい、教師として成長できた。だから、出会った生徒はみな私の先生である。とりわけ、平成六年、私が二十八歳の時に出会った生徒たちからは、「教師の仕事とは何か」を深く学び、その後の教師生活の基盤となった。あの出会いがなければ、教師を続けたかどうかわからない。そもそも私は教師になどなるつもりは毛頭なかったのだから。

私は学校や教師が大嫌いだった。中学時代は、教室に自分の机といすがあっても安心できる居場所がないと感じていた。女子同士の人間関係の複雑さや仲間はずれの繰り返しに疲れと不安にさいなまれ、学校はつらい場所だった。何も気づかない担任や教師には相談もできなかった。彼らを尊敬も信頼もしていなかった。惨めな思いをしていることは両親には言えなかった。言ってしまったらその惨めさをさらに深め、親を苦しませる。そのつらさは耐え難い。生徒が大人に何も言わず命を絶ってしまうのはそこだろう。誰にも自分を理解してもらえない悲しみと、集団の中で一人ぼっちにされ傷つけてもいい人間なのだと扱われる苦しみは私を不登校にした。

「学校は一体何のためにあるのか。なぜ居場所もないのに行かなければならないのか。何を勉強するところなのだ。私はこんなに苦しんでいるのに、教師は何をしているのだ。」という大きな怒りや恨みが湧いた。また、学校生活に適応できない自分を責め続けた。

私の心は大きく歪み、積もり積もった人間不信は中学よりも高校生活をもっと悲惨にした。今となっては浅はかでしかないが、この頃は、不治の病の人がいたら代わりに自分の命をあげて死んでしまいたいと思っていた。絶望感に襲われ何度も死の淵を彷徨った。死にきれなかった。家族には大きな苦しみと迷惑をかけてしまい、それは今も大きな後悔として残っている。その後、地元の大学を卒業し、後に主人となる男性と知り合った。彼は私を大きく変えた。私の長所、短所すべてを含めて好きなのだという彼の気持ちが、固く閉ざされていた心に光をあててくれた。胸の中が温かくなり涙がとめどなく溢れた。大きな安心感が私の歪んだ心と人間不信を溶かし始めた。そして意外なことに、教師志望の彼とともに、あれほど大嫌いだった教師に私もなってしまった。

教師になってから気づいたことだが、生徒が心の底から知りたくて分かりたいことは、「何で学校に行かなければならないのか」「なぜ勉強しなければならないのか」ということだ。生徒はそれを大人に教えてもらいたいのだ。生徒の率直な問いは事柄の本質をついている。この問いに、いろいろな理由を付けて答えることができる人はいるが、この答えを生徒に体得させることができる人はそういない。かつて、私があれほど苦しみ悩みながら大人に求めた答えを、今度は私が生徒に指し示さなければならない立場になった。

二つめの勤務校は、教師としての原点を作ってくれた生徒や教師集団との衝撃的な出会いの場であった。学校は荒れていた。学校を変えるために、当時としては非常に先進的な取組を行っていた。それは「全体学習」と呼ばれ、部落差別を始め様々な人権問題や自分の生き方を考える時間だった。道徳・学活の時間などを使って一学年五クラスの全教師・生徒が体育館で授業をする。最初の一時間は特定の一クラスが公開授業をし、残り四クラスの教師と生徒がそれを参観する。次の時間は前の授業を受けて、全教師・全生徒で自分の思いや考えを発表していくというスタイルだ。授業の回数を重ねるうちに、次々と厳しい差別の現実やいじめ、家族の問題などで不安を感じ苦しんでいる生徒が立ち上がり、彼らの心の叫びや願いを語り出した。

「学習や生活態度をきちんとしたくてもなかなかできない。自分はいつか差別を受けるかもしれないと思うと怖いし、勉強ができない自分をあきらめている。なぜここに生まれたのだろう。自分のせいじゃないのに。」

「人は平等なのだと分かっているのに、自分以下の人間を求める自分がいて、自分の心の中には差別心がある。どうしたらそれがなくなるのかわからない。」

「男に生まれてきたけど、心は女みたい。だから、自分が好きになれない。生きるのがつらい。みんなは僕のことを本当はどう思っているの。」

「家に居場所がなくて、学校にきて幸せそうな子を見るとつい当たってしまう。」

「障害をもつ自分を弱く見られて馬鹿にされていることがつらい。」

「自分のことに精一杯で他人の苦しみに気づかなかった。自分だけがかわいかった。」

「親が勉強しろとばかり言う。あの子に負けたらいかんとか、高校は○○高校に行けとかばかり。勉強で人に勝たなければ自分は親から認めてもらえない。親なんかいらない。」

という本音を、涙を流しながら語り合う授業に変わった。こんな授業ができたのは、本音を語り自分をさらけ出せる先輩教員がいて、その先生と生徒たちの信頼関係を核に、まわりの教員と生徒も強いつながりができたからだ。本音のぶつかり合いは、教師・生徒の心の扉を開けた。本音を語ることは心の痛みを伴う。声を震わせ、涙でつまりながらも必死になって自分を語る仲間を笑う者は誰もいなかった。みな、耳を澄ませて真剣に聞いていた。そして、勇気を振り絞り、どの子も自分の言葉で自分の考えや思いを語った。私はその言葉に心の物差しを変えられた。生徒の真の姿が見える瞬間だった。何よりも衝撃的だったのは、まわりの仲間を信頼していた。これは学生時代の私がどうしてもできなかったことだ。あるおとなしい生徒が、

「意見を言っても言わなくてもその時間は過ぎる。だけど、自分の心と闘いながら語ることで、自分という人間が変わっていく。そして、そんな自分を好きになれる。仲間

を好きになれるし、信頼できる。これは経験しなければわからない。」と言った。言葉が人を変え、人を作る。言葉を通して人と人がつながる。人が人によって人として磨かれていくのだった。教師・生徒ともに、自分自身はどういう人間になりたいのかを自問自答した。学習の主題である「誇りうる生き方」を目指して、まわりの教師・親・生徒同士がよりよく変わろうとつながっていく姿は、まさしく、今言われている「生きる力」そのものであった。当時、この全体学習は賛否両論があったが、西日本各地からひたむきに人権学習に取り組むたくさんの教員が参観に来ていた。

そんな中で、「なぜ学校に行かなければならないのか」「なぜ勉強しなければならないのか」の答えを、生徒同士、教師、親と本音を語り合うことで、生徒自身が体得していった。ある不登校気味の生徒が、

「こうしてみんなで話し合って、自分のいけない所を考え直したり、行動に移したりしながら、自分が少しずつ変わってきた。私だけが苦しいのではない。みんなもがいている。そんなみんなとつながって勇気をもらえた。それで、自分がどう生きたいかを考えることができた。学校はみんなで生き方を学ぶところなんだ。みんなで勉強するとこ

ろなんだ。学校があって、先生がいて、みんながいるってすごいことなんだって気がついたよ。だから、毎日学校にくるよ。」という発言は大きな拍手とともに、私に教師としての確固たる生き方を決意させてくれた。また、自分の将来に対する夢や希望をもち、生きることに前向きになった生徒たちが、「先生、勉強がわかりたい。できるようになりたい。差別に負けず、自分の将来を大切にしたいから」と言った時には、教科指導でも生徒の生きる力そのものになる授業を保障できる教師にならなければと全身が震えた。

「教師の仕事とは何か」それは、生徒が安心して自己表現できる学級・学校作り、そして、生徒に幸せになるための生き方を体得させ、確かな学力をつける授業をすること。人間関係を良好に構築できる社会性や規範意識を集団の中で育て自立させることである。それを教えてくれた生徒たちとの出会いは、その後の教師生活を豊かなものにしてくれた。

どんなに苦しくても、しんどくても、心が腐りかけそうになっても、悲しい出来事があっても、あの生徒たちを思い出すと勇気が湧いた。そして、生徒が付けてくれた心の炎は消えることがなかった。自分の信じる教師の仕事をやり続けた。どの学校でも、あの生徒たちと同じような授業ができた。それは、どんなに時代が変わっても、生徒の求めるものが同じだからだ。授業を参観した先生方は、生徒の姿に感動したという言葉をくれた。その言葉を励みに、生徒の心に寄り添い生涯学び続ける教師でありたいと、本を読み自己研鑽に励んだ。また、教師仲間や生徒からたくさんのことを学んだ。それは、学生時代に不登校で勉強ができなかった時間を取り戻す勢いであった。

いつしか、夢の中で英語の授業案を立て、現実にそれを実践することが続いた。授業での生徒の活動や成果は全国紙で報道されることも多くなった。二十年間の実践をまとめた各論文が、二年前には第六十三回読売教育賞外国語教育部門最優秀賞、第七回辰野教育賞（上越教育大学主催）、第四回全国教育実践活動コンテスト最優秀賞（鳴門教育大学主催）、昨年は第五回国際言語教育賞（イギリス教育研究所主催）などを受賞した。これらは私の力ではない。真摯な姿や発言で、本当の教師として歩む生き方を教えてくれた生徒の力である。新聞には、「生徒らに感謝」という見出しが載った。出会った生徒たちへの感謝の気持ちが今も私の背中を押し続ける。いつまでも私の先生は私の生徒たちだ。

学びは心の中で生き続ける

金城　美智子

今年四月、私は看護専門学校の校長を拝命した。看護職を目標に定めた十七歳の頃から、私の脳裏には感謝を伝えたいが伝えられなかったお二人が存在する。この論文を書くことがお二人へのお礼になれば幸いである。

今から三十年前、当時の高校は一科目でも単位が取得できなければ留年するシステムであり毎年留年生がいた。

高校二年の二月、それまで大声で笑いを巻き起こしながら楽しい授業をしていた大照先生が緊張した面持ちで話した。

「今日で授業は終わりだが、保健体育の課題を出そうと思う。ルールは二つ。一つは医療関係の施設を訪問して三十分以上話しを聴き一枚以上のレポートにまとめて提出すること。二つめ、施設は健康に関係があればどこでもいいけど、二人以上でちゃんと許可をもらってから訪問してほしい。」

話し終わると、先生は黒板に話した内容を書き始めた。私達は合格点に満たないであろう級友のことを密かに案じており、先生は課題をもって加点したいのだと判断した。先生が書き終わり正面を向いたとき、拍手がわき起こった。期末テストが終わりほっとした時期だったにも関わらず誰も意義を唱える者はいなかった。先生はうんうんと頷くばかりで何も言わなかった。そこにいる全員の気持ちが一つになったような温かさを感じた瞬間だった。

しかし、小さな村にそのような場所が多くあるわけも無くみんな頭を悩ませながら何とか行き先を決めた。

私もあては無かったが、友人のつてで村内の小児発達センターを訪問することになった。当日、何の予備知識も無いままに訪れた私たちに、担当してくださった看護師の山田さんはとても優しかった。

「ようこそ。びっくりしなくていいのよ。ここにいる子はみんな私の可愛い子どもたちなんだから、怖がらなくても大丈夫。」

表情の硬くなった私たちを穏やかな笑顔で迎え入れてくれた。小柄な山田さんは涼しげな声で話し続けた。

「ここにいる子供たちは、生まれる前、生まれる時、生まれた後にいろいろな病気になり脳の病気が少し残ったままだから、一人一人の発育が違うのよ。長い目でよく見ていかないと分からない位ゆっくり成長する子もいるの。ねえ、たっちゃん」

山田さんは、にこにこと寝転がっている男の子のほっぺに手を当てた。たっちゃんは七歳だが、まだ歩くことができず話せない。でも、人なつこく、にこにこと私たちの側で一緒に話しを聴いているように見えた。

「病気って遺伝じゃないんですか。」

私は頭の中をぐるぐる駆けめぐっていた疑問をそのまま口にした。山田さんは、うんうんと頷きながら答えた。

「ほとんどの人がみんな遺伝だと思っているみたいだけど、さっきも話したように病気になった時期も病名も一人一人違っていて、脳のどこに病気が残っているかで成長が違うの。医療は日々進歩していても、今の医療で治せる病気には限界もあるのよ。」

話しながら、山田さんの手はたっちゃんの頭をなでている。

「今の医療で治療が難しい病気でも予防はできるんですか。」

「そうねえ。完璧に予防できたら病気にはならないかもね。でも、正義感が強そうで結構つっこむタイプの貴方は助産師になったらいいと思うわ。」

「助産師って何をするんですか。」

「助産師の仕事って、お産つまり赤ちゃんを取り上げるだけだと思われがちだけど、女性が妊娠してからお産して、赤ちゃんの世話が一人で出来るよういろいろなことをお母さんに教えて支えていく仕事よ。元気な赤ちゃんを産みたいと誰もが願っているけど、知識がなかったり、相談する人がいないと赤ちゃんが小さいうちに生まれたり、病院に行くタイミングが遅くなって病気になったりすることがあるでしょ。お母さんも家族も病院の人もみんなの願いがかなうように橋渡しをする、仕事かな。お母さんたちがちゃんと理解できるように丁寧に説明してあげられる助産師になってほしいな。」

山田さんは眼を輝かせて話した。私は山田さんの気持ちに答えたい衝動に駆られ、思わ

ず、

「はい。助産師になって山田さんの言うような仕事をして、いつかここに戻ってきます。」

私は山田さんを見つめ誓っていた。山田さんは笑顔でうんうんと頷いた。

山田さんは私たちの質問に最後まで丁寧に答えてくれた。見学を終えた私たちはそれぞれが何かを深く胸にしみこませて帰った。

私は、趣味と実益を兼ねて大好きな国語の教師になると決めていた。しかし、私の使命は助産師として母親と赤ちゃん、家族を守ることだと不思議だがはっきりと決意していた。その日から助産師を目指して受験勉強を始めた。まずは看護学校へ入学しなければならない。

当時県立の看護学校は授業料が免除されており、国立大学の保健学科を目指している高校生が併願している状況で、受験倍率は高く私の通う高校からは入学できない状況だった。

高校三年生の五月、担任の前田先生は家庭訪問で、県立の看護学校を第一希望に記入している調査書を指さしながら母親に話した。

「うちの高校からはここには入れませんよ。お母さんからも変更するよう言って下さい。本人にも話したんですけどねえ。」

私は前田先生を見なかった。怒りを通り越してあきれていた。母は毅然とした態度で、

「前田先生はそう話しているけどどうする。自分の進路だから自分で決めていいと思うけど。」

母は私の目を見てはっきりと言った。私も母の目を見てはっきりと答えた。

「大丈夫。まだ時間はあるから頑張れば合格できるから心配しないで。」

母は、うんと頷き静かに話した。

「娘が合格すると言っているので親として期待したいと思います。」

家庭訪問はそこで終了した。

この日から言葉に出してしまったことを実行する日々が始まった。

七月初旬、久しぶりに廊下で大照先生に会った。先生は痩せて元気が無いように見えた。その頃、先生は短期研修という理由で休みがちだった。私は嬉しくて話しかけた。

「先生お久しぶりです。何だかスマートになったみたい。研修がハードすぎて体調崩

してるんですか。バスケ部のメンバーが心配してましたよ。」

先生も嬉しそうに優しい笑顔をみせた。

「おっそうか。人の心配してる場合じゃないのにあいつらも大人になりつつあるな。」

いつもなら豪快に笑い飛ばす先生しか見たことが無かっただけに一抹の不安が残った。

私は不安を打ち消すように明るく話した。

「先生驚かないでね。先生が二月に出した課題あったでしょ。あのあと看護師を希望する人が続出したんですよ。お陰様で私も助産師を目指すことになりました。凄いでしょ。」

先生はさらに嬉しそうに目を細めた。

「看護師ではなく助産師か。金城らしいな。お前なら絶対なれるような気がする。」

私は嬉しくなり思い切って相談してみた。

「有り難うございます。先生の言葉で頑張れます。ただ、国語と数学は自信あるんですが英語と化学は不安です。この二科目は自力では間に合わないような気がします。」

先生は一瞬考えて静かに話した。

「俺は保健体育だから何も教えられないけど、たまたま高校には多くの先生がいるから何とかなるんじゃないか。大事なのは相手に情熱を伝えられるかどうかだよ。頑張れ。」先生の表情は真剣だった。

目指す看護学校は違ったが、看護への志を持つ十名で対策を練った。授業してもらう科目を決め、引き受けてくれそうな先生を決め、全員で交渉した。国語、英語、数学、化学の先生方が夏休みの数日間を私たち十名だけの為に授業をしてくれた。私たちにとってこの経験は大きかった。各先生へ自分達の思いを伝え実現していくこの過程も大照先生から頂いた授業の一つとなった。

二月、全員が合格通知を手にした。その頃大照先生の姿を校内で見かけることはほとんどなかったが、私達は先生が登校する日を確認して合格の報告をした。先生の喜び様は親の様だった。心配する私達に先生は言った。

「研修がハードなんだよな。できが悪いから転勤させられるかもな。」先生は笑顔で全員と握手をした。

看護学校に入学した夏、大照先生が亡くなったことを耳にした。私たちが高二のころから診断はついており治療を始めていたらしい。

あの時の課題は、当時私たちが考えていた「全員進級する」ためだけのものではなかったことに驚いた。保健体育の大照先生は身を持って体験した「健康のありがたさ」を私たちに伝えたかったのだと思う。

「自分の体を大切にしろよ。やりたいことがあっても健康でないとやれないんだぞ。」

そう言いたかったのかも知れない。

私は私の人生の中で大きく世界を広げてくれたお二人、常に相手と真剣に向き合うことを教えてくれた大照先生、人を尊重することの大切さや助産師への扉を開いてくれた山田さんに感謝している。

「大照先生、山田さん有り難う。お二人に会ったときの年齢を大分超してしまいましたが、私はお二人の様に人の役に立つ生き方が出来ているでしょうか。お二人に感謝しながらこれからも頑張ります。」

【編注】個人名はすべて仮名です。

スーパーヒーローになったら

熊谷　真紀

「そんな時はね、僕はスーパーヒーローになったつもりになるんだよ。」

菊地紘先生。今から三十年前、秋田県田舎町の小学校。三年生の担任それが私と先生の出会いでした。スラッとしていてうすい色のサングラスに木刀のような物を持っており鼻の右側にあるほくろが特徴的でした。ちょっと怖そう…第一印象はそんな感じでした。

初めての男性担任。感受性が強く頑固な私は勉強が大の苦手でした。どんな先生でどんな授業をするのだろう…。期待と不安で一杯でした。

最初はごく普通の授業でした。しかしだんだんと変わっていったのです。いいえ変わったと言いますか変わってると言いますかそれが先生のやり方だったのです。例えば一キ

ロメートルは千メートルの授業を教わっていると突然、

「よし、今から実際に測りにいくぞ‼」

と生徒を外へ連れ出し機械をおして本当に千メートルを歩かされたり、受粉の授業では学校の裏道に連れ出されおしべとめしべの植物を探したり、冬のものすごく寒い日、しかも雪どけ泥だらけのグラウンドに裸足で出ろと言われ、ベチャベチャの中遊ばせたり走らせたり…。先生はそれを遠くからニヤニヤ見ていたり。極め付けはこれも突然雪が積もった林に連れていかれ、探検ごっこをさせられたりしました。友人と、

「なんでこんなことするんだろう…。」

と息を切らしながらおしゃべりした事を覚えています。本当に不思議で他のクラスの授業とはかなり違っていて何倍も何百倍もおもしろくて楽しくてたまりませんでした。

また、先生のお陰で読書感想文入選をした事もありますし、スキー教室では私がそりに乗っている保護者（しかも母）と激突して流血し先生が車で送って下さった事もありました。かわいそうだからと先生の分のお菓子も特別に頂いたり、正直こんなことして先生は叱られないのかなと心配になる程でした。とにかくおもしろく何でも体験させる

先生で私はとても尊敬していました。こんな感じで過ごした一年でしたが、三年生の時の成績が一番良かった気がします。

四年生になって担任が変わり、しかも父の仕事の都合で仙台へ引越す事になりました。お別れの時、先生が少し淋しそうな顔をしていたのを覚えています。

あれから時々秋田に帰って来て、菊地先生が母校の校長先生になられたと聞かされました。子ども心にやっぱりなという気持ちになり会いたいなぁといつも思っていました。

短大を卒業し保育士となって働き二十七歳で結婚。二人の娘にも恵まれました。しかし主人の度重なる借金、子どもの夜泣きで疲れ、母も介護をしており頼れず心身共にボロボロだった矢先、友人の重い相談にのったのが追いうちをかけうつ状態で精神科に通う事になりました。体は思う通りに動かず、ゴミ出しすら困難な状態で一日中天井を見て泣いて過ごす日もありました。とにかく色々な事が気になり不安で不安で一杯だったのです。

そんな状態の中、子どもの夏休みで秋田に帰省した際、菊地先生に会いたい気持ちが更に募りおもいきって電話をかけてみました。私の旧姓が変わっている事と祖父も校長だった事からしっかりと覚えていて下さいました。

「おー‼どうした⁉元気だった？」

ああ、先生の声だ‼全然変わっていない。三十年ぶりに聞く恩師の声にとめどなく涙があふれてきました。

「いつも元気で明るい真紀さんはどうした？」

そう言って下さり、私も

「先生にお会いしたいんですけど…。」

「こんなおじいちゃんに？嬉しいなあ、いつでもおいで。」

「ありがとうございます。いつでも行きます。」

と会う約束をして下さいました。前日は緊張でなかなか眠れませんでした。

再会当日、先生のご自宅に伺うと玄関からゆっくりと歩いてくる姿に先生だ‼あまり変わっていないと感動して嬉しくて嬉しくて号泣してしまいました。先生はきっとびっくりされたと思います。

お話をうかがうと同じ教師だった奥様と二人暮らしをされてる事。数年前に胃ガンを患い手術した事。五年間大丈夫ならひとまず安心だがあと二年半ある事。校長を経験した後秋田県飯田川町教育委員会の教育長にやりたくないけどやらされた事。（やはり周りは認めざるを得ないんだなと思いました。）当時は、保護者や周りの教師にちゃんと授業して下さいと怒られた事。でも子どもと自分も楽しいからやめなかった事。校長先生だけには許可を得ていた事。色々とお話して下さいました。

先生が胃ガンを患っているとの事で症状は違えど不安は同じとどうしても聞きたい事を質問しました。

「先生、どうしようもなく不安に襲われる時はどうしているのですか？」

「やっぱり夜中に目が覚めてガンが再発してたらどうしようとか考えて不安になったり、怖くなったりはあるのね。」

「そういう時は楽しい事を考えるの。自分がスーパーヒーローになったつもりになるとか旅行はどこに行こうかとかね。」

三十年前と全く変わらない遊び心と好奇心旺盛なところ。七十五歳のおじいちゃんが、まだスーパーヒーローを夢見ているなんて。本当に素敵で胸があつくなりました。私は終始泣いてばかりいましたが、先生の事がずっと大好きで忘れられなかった事。今まで出会った教師の中で先生が一番だった事。とても尊敬していて全てが楽しかった事を伝えました。先生はちょっと照れながら最後に

「来年はもっと元気になって笑顔で会おう。」

と約束し握手をして別れました。

あれから私は少しずつ回復し、先生との約束を果たすため、ヨーガインストラクターとして自分と同じような心の病を患った方中心に指導を行っております。辛い時や負けそうな時はいつも先生との約束を思い出し、先生もがんばっているのだから私もスーパーヒロインになったつもりで一つ一つ乗り越えていこうと自分で自分を励ましていました。

そして一年後、本当に笑顔で再会する事が出来ました。先生は体力は落ちたと言っておりましたが再発もなく元気でした。私はずっと聞きたかった事を先生に聞いてみました。

「どうしてあんな授業をしたのですか？」と。

「それはね、個性が出るから。外に出ると勉強が出来る、出来ないは関係なくなる。

子どもたちの心を育てるの、心が開放するから。」

「あとね、自然は文句言わないでしょ。人は言うけど。ただ、三十人から四十人を見てても一人二人ははずれる。今でも悪かったなぁと思うんだよ。」

「あの時間は俺の子どもだった。そういう気持ちでやってた。だから他の教師や保護者は端によせてた。目の前の子どもたちが一番大事だったから。」

その言葉を聞いてああ、やっぱり先生はすごいな、この先生に受け持って頂いて本当に幸せだな、出会えて本当に良かった、と心からの感謝と涙があふれてきました。

しかし先生はもうお墓を用意しているとの事で自分の入るお墓の裏にこっそり奥様にメッセージを残していると私に教えて下さいました。自分が亡くなった後もまだ遊び心を持っておられて本当に先生らしいなと思いました。まだまだ先生には長生きして欲しいけど、奥様にどんなメッセージを残したのかを確かめるのも楽しみです。

先生からは本当にたくさんの事を学びました。探究心や好奇心、遊び心とユーモア、人生を楽しむにはやはり少しずつでも良いから行動にうつす事、そして何が自分にとって一番大切なのかを知る事、それに尽きると思います。

先生は必ず最後に
「一緒にがんばろう。」

「お互いに少しずつやっていこう。」

とおっしゃいます。私はその言葉が大好きで自分の周りにいる方々にも言うように心がけています。それは一人じゃないよ。大丈夫だよ。と不安から安心に変わる言葉だと思うから。

先生は奥様と桜を見るのが楽しみとおっしゃいました。五十年連れ添ってるそうです。私も主人とは色々ありましたが付き合って二十年が経ちました。先生は妻とはもう会話なんてないよと笑っていましたが、私共も先生のような夫婦になれたらと思います。そしていつか先生と一緒に桜を見たいと思います。必ず叶えます。

先生はスーパーヒーローになったらなんて言っておりましたが、いえいえ私の中ではいままでもそしてこれからも、ずっとずっと、スーパーヒーローです。

牧野先生の背中

新屋　和花

今までの人生で一度だけ、運命の出会いをしたことがある。そのときまだ十歳にも満たなかったが、私はその人と「出会った」ときのことを今でも比較的はっきりと思い出せる。小学校の図書の授業で、窓近くの書架の前を通り過ぎようとした私は、差し込むやわらかな陽の光に誘われるように、ふとそのなかの一冊を手に取った。その少し埃っぽいにおいのする本は、『牧野富太郎植物記』と題されていた。色気も何もない話で恐縮だが、私が〝運命の出会い〟を果たした相手は、この本の語り手ともいうべき牧野富太郎さんである。ちなみに、私より百三十四歳年上の殿方だ。

当時の私は、稀代の植物学者として知られる牧野富太郎という人のことをまだ何も知らなかった。まえがきをちゃんと読めば最初からわかったのだろうが、本をもって手近な椅子に腰かけたところで、私の意識は既にちらと見たハハコグサの挿絵に向かっていた。そのとき『牧野富太郎植物記』を手に取ったのは、私が東京にしては緑の多い武蔵野で育ち、花の好きな祖母の影響を受け、もともと植物が好きだったからというのもあると思う。しかし、まわりのカラー写真つきの図鑑ではなくなぜ古めかしいこの本に手を伸ばしたのか、私には今でもわからない。しかし、この全八巻を一通り読んでから、私の人生の指針は完全に決まった。牧野先生が植物に注ぐ温かなまなざし、やさしい語り口、科学だけでなく文化や生活にも根差した目線から語られる植物の世界の面白さ、そういったものに私はすっかり虜になってしまったのである。

「牧野富太郎さんみたいな植物学者になる」

将来の夢を訊かれると、私は必ずこう答えるようになった。周りの人たちも優しくて、この植物の名前は何、などと尋ねてくれたから、それに答えられると調子に乗って鼻を高くしていたものである。そして、『牧野富太郎植物記』も何度も何度も読んだ。一番のお気に入りは最初の巻の「野の花」編だったけれど、林間学校に行く前は「山の花」編を、臨海学校に行く前は「海の花」編を読んでから行った。私の小学校は毎年海にも山にも行ったから、年に一回はその二冊を念入りに読むことになった。最終巻の「植物採集」編の真似をして植物標本をつくり、部屋を枯れ草だらけにして母によく怒られもした。

中学校の図書館にもこの八冊はあったから、やっぱり一度か二度は読んだのだけれど、梯子に乗らないと手の届かない高いところにあったからか、『牧野富太郎植物記』を読む回数は減っていった。そのかわり、お小遣いをためて牧野先生の書いた本で文庫化されているものを少しずつ買って読み始めた。日本の植物学の礎となった本草学の歴史や学名の詳しい話などは分からないところもあったけれど、それもまた秘密めいて楽しかった。この頃には世間にオタクという言葉が定着していたから、私も植物オタクを自称して、相変わらず植物のことならなんでもござれというような顔をしていた。

ここで少し、牧野先生についてお話ししたい。百科事典風に言えば、牧野富太郎（一八六二―一九五七）は日本の植物分類学者である。「日本植物学の父」と言われ、日本で植物に初めて学名をつけたのもさることながら、千種を超える植物を命名し、美しい描画と詳細な記述が充実した図鑑を数々出版、植物研究のための雑誌も創刊した。収集した標本は五十万点にも及び、今に至るまで未だに分類、整理が完了していない。ほかにも、植物にまつわる解説書、エッセイなどを多数残した。

牧野先生が凄いのは、これらの学術的な業績だけではない。全国津々浦々に出かけ、植物を愛好する人々と観察会を行ったり、全国の人から送られてくる植物を同定したりと、植物に対して愛を注ぐことを色々な人にご自分のすべてで示した。あとから知ったことだけれど、ますます尊敬できる所以である。

しかし、まだまだすごいところがたくさんある。坂本龍馬が脱藩した年の土佐に生まれ、自由闊達に野山を駆け回った牧野少年は、小学校の授業が低レベルだからとなんとなくやめてしまう。それなのにのちに博士号を取っている。牧野先生の書かれたものを読めば、いかに学がある人かというのはよくわかる。枠にまったくとらわれない人なのだ。それゆえに、東京で研究に没頭するようになってからは、お金のことを気にせず研究をするため、巨額の借金に喘ぐことになる。とは言っても、主に苦労していたのは奥さんだったようだが。

こうして書いてみると、改めて学術的な凄さに対する敬意もあれど、英雄譚を読んでいるときのようなワクワク感が自分を包むのを感じる。しかし、私の中の牧野先生に対する思いがワクワクだけではなくなってしまった時期があった。高校生の頃である。

進路指導の一環であったと思う。高校二年生のときに、大学でやりたいことを調べましょうという夏休みの課題が出たことがあった。一応三つの大学分の枠があったけれど、私の答えは一択だった。昔牧野先生が教鞭を執った大学に行きたい。それは昔から思っていたことで、本当なら牧野先生とまったく同じ道を歩きたかったのだけれど、さすがに今の時代に小学校中退というのは些か勇気がいる。それで牧野先生が教えていた大学に行こうと思い立ったわけである。ちょうど同時期に父と母が私を高知の牧野植物園に連れて行ってくれたのだが、そこで買ってもらった写真集に、牧野先生と詰襟を着た教え子の古めかしくかっこいい写真が載っていたことも一因かもしれない。絶対その大学に行こう、などと息巻いていたのだが、そこで疑問に思った。

私は牧野先生の教えていた大学に行って、植物分類学者になって、それで何をするんだろう?

牧野先生が創刊した研究雑誌の流れを汲む雑誌も購読していたが、そこに載っている新種の発見の論文にもなんだかあまりワクワクしなかった。牧野先生の時代とは違い、国内の知られている植物はすべて命名され系統立てられて分類されている現代では、分子生物学の手法なども導入され、遺伝子やタンパク質、細胞の形態などのミクロの世界の話が植物の種を決定したりもする。

そこまでして植物の種類を決めたいだろうか、とどこか疑問に思う自分がいた。私が牧野先生にドキドキした部分と、今の植物分類学が目指している方向というのはあまり重なって見えなかった。だが私はそのすべてをひっくるめて、牧野先生に一歩でも近づくことができればきっとなんとかなるだろう、と変な自信をもって棚上げにしてしまっていた。

そしてやってきたのが大学受験である。結論から言おう。私は一年間の浪人生活までしたにもかかわらず落ちた。三月末の最後の試験の発表の日、一生懸命願うだけではだめなのだな、と布団の中から天井を見上げて、ぼんやり他人事のように思ったのを覚えている。他に植物分類学を学べるような大学は受けていなかったから、植物分類学者になるという夢は諦めなければいけないということだった。

なかには、小学校のときからの夢なんだからと二年目の浪人生活に入ることを勧めてくれた人もいた。でも私は、もう限界だという気がした。これほど頑張って手に届かないものなら、あと一年頑張ったところで何が変わるだろう、と思った。逃げたと言われてもいい、もう諦めようと決めた。

失意のうちに通い始めた大学で、私は自己紹介のときに何を言えばいいのかさえ分からないことに気付いた。新しいクラスになるたびに、「植物学者になりたい」「尊敬する人は牧野富太郎っていう人で」「植物が好き」と言っていたのである。そのすべてがなくなってしまった今となっては、何をしたいのか、何をすればいいのか。何も思いつかなかった。

そんな私の目を開いてくれたのは、入学して半月ほど経ったときの特別講義で聴いた、大学の創始者の言葉だった。

「師の後を追わず、師の求むる道を歩むべし」

まだ牧野先生の背中を追いかけてもいいのだと言われた気がした。それから、大学構内での植林サークルに入ったり、環境保全のボランティアに参加したりするようになった。「植物が好き」ぐらいは言ってもいいような気がしてきた。薬学部に入ったので、漢方を研究する部活もあり、植物と人間の関係を学ぶことができた。私が大学に入った年から、高校二年生の夏に行った植物園の園長さんが薬学部出身の方になったということも知った。薬学部に入ったきっかけを尋ねられ、「牧野富太郎さんっていう植物学者を尊敬してて」と説明できるようになった。

もう一度人生をやり直せるとしたら、やっぱり牧野先生の教えていた大学に行かれる道を選ぶかもしれない。あるいは高校生のときの自分に、植物分類学者になるだけが牧野先生の後を追いかける術ではないと説教をして方針転換させるかもしれない。でも、今の私には、漠然とではあるが、植物と人間のよりよい関係の一つとして、薬が存在できるようにしたいという夢ができた。

今年の二月、初めて牧野先生のお墓に行った。妙に暖かい日だった。私が勝手に私淑しているだけだから、本当は先生と呼ぶのもおこがましいのだが、心の中で呼びかけた。

先生に教えていただいた、植物を愛するということを、先生に負けないくらい一生懸命貫こうと思います。見守っていてくださったらとても嬉しいです。

第三章　出会いに学ぶ

共に暮らし、共に学ぶ

乳がんを患う私は、東北の復興支援のため、夫と共に被災地気仙沼へやってきた。支援活動が思うようにできず、歯痒い思いをしていた私を、仮設住宅の住民たちは温かく受け入れてくれた。被災地の皆と日々を共に暮らす生活で、「学び」は「気づき」であり、日常の暮らしにあふれるほど存在していることを知る。震災から十年後の同窓会のため、仮設住宅最後の日まで、気づき合い、学び合いながら共に暮らしたい。

死に逝く者の学びから得たこと

がんで余命宣告を受けた学友Aさんは、学生生活中、面接授業に積極的に参加し、いつも枕元に教材を置いていた。Aさんがなぜ死の直前まで勉強をしていたのか、長年の疑問だった私だが、ガンジーの言葉をきっかけに、死に逝くものの学習は、学習そのものが生き甲斐であり、その視点は自分が生きている未来へ向けられていたのだと確信する。いつの日か私も学びながら人生を終えたいと願っている。

我が人生最大の師

新聞配達をしながら大学を出て、小学校の教員になるという志をもち上京した私は、我が人生の最大の師と出会う。高木さんはいつもすぐ側で、誠実で力強い生き方を見せてくれた。そして温かい言葉で私を励ましてくれた。私は高木さんを見習って、気持ちをしっかりと持ち、家族や隣人を心から愛し、尊重し、毎日を大切に生きていこうと思う。

神様と王様の番号

うつむき加減でほとんど口を聞かないその少年のことが何故か気になり、二人きりで話をした。少年は、学校でのいじめの話、野球への思いを口にする。七年後、あの日の約束どおり、彼がＰＬ学園で野球をやっていたこと、補欠で付けた「神様と王様の番号」を喜んでいたことを知る。彼は約束を大切にしてくれていた、約束とはこれほど尊いものだったのか。私は彼に教えられた約束の大切さ、尊さを今我が子にしっかりと伝えてる。

学ぶこと、出会うこと

学べば学ぶほど世界や人生が神秘に満ち、その味わいが深まっていくのを、私はこの頃感じる。学ぶことによって私たちが得ているものとは、本当は何なのだろうか。おそらく私達は学びにおいて、その都度、新しい世界や自分と出会っている。その出会いの喜びが、私達が止まることなく学び続けるよう駆り立ててくれるのではないか。学ぶたびに私たちは生まれ変わる。私は、学ぶことによってそれまでの「私」ではなくなっていくと同時に、より一層「私」になっていくのだ。

共に暮らし、共に学ぶ

感王寺　美智子

「仮設住宅の暮らしっていうとさ『しんどいでょ?』とか『きついでしょ?』なんてことばかり、聞かれるっちゃ。だけどさ、おらたちは違う」

私が、この中学校のグランドに建つ、仮設住宅に来たばかりの頃、ここの自治会長さんは、おっしゃいました。

「震災から十年後にさ、おらたちは、また、ここさ、集まるっちゃ。そんときはもう、この仮設住宅は、跡形もなくなって、子供達が、伸び伸びと走り回るグランドに戻っているべ。だけどもさ、みんなで集まるっぺ。そして、みんなで話すのさ。『あん頃は、楽しかったな』『あんときは、面白かったな』ってさ、笑って話すのさ。そん時の為にさ、おらたちは、み～んなで、花さ、育てたり、歌さ、歌ったり、七夕さ、つくったり、クリスマスさ、やったり、沢山、沢山、楽しいことやるべ。ここでの暮らしは、人生の付録だっちゃ。ならば、宝物の付録にすっぺ。そして、十年後、このグランドで同窓会するだ」

私は、三年半前、この仮設住宅に入居しました。しかし、私は、震災の被災者ではありませんでした。

「東北へ復興支援に行こう」

四年前、夫は、突然、私に言い出しました。

私は、驚き、そして、戸惑いました。何故なら、私は、乳癌を患っていたからです。転移もあり、手術、放射線、抗がん剤と、フルコースの辛い治療を、やっと乗り越えましたが、月一回のホルモン治療の注射など、まだまだ通院が続いていたからです。薬の副作用で、体も辛かったです。

こんな体で、はたして被災地と言う大変な場所へ行って、大丈夫なのだろうか？支援など何もできないどころか、迷惑になるのではないだろうか？

迷う私に、夫は、こう言いました。

「君は、病に負けない人だ。僕は、それを見てきた。病から学び、それを、生かすことができる人だ」

確かに、癌という病は、私の生きる価値観を大きく変えていました。そして、それを見ていた夫も、同じでした。

そして夫は、宮城県の任期付復興支援職員となり、私達夫婦は、東京の三ＬＤＫにあった家具を、ほとんど処分し、単身パックで運べるだけの荷物を持って、気仙沼の仮設住宅に、やってきました。

来てすぐに、私は、何かしなければと、ボランティア団体の扉を叩きました。しかし、即戦力となる資格も特技もなく、病の為、体の無理も、あまり効かない私に、やれることは、たいしてありませんでした。

歯痒く、情けない日々。焦る気持ちだけが空回りし、どうしていいか解らず、毎日、瓦礫に埋もれた処理場の中を、何かを探すように、ウロウロと彷徨い歩いていました。

そんなある日のことでした。

俯き加減で、部屋へ戻り、入口にある風防室の戸を開けると、そこに、泥だらけのじゃが芋が、ゴロゴロッと五つ、転がっていました。仮設住宅の中には、まだ、親しい方もおらず、誰が置いてくれたのか、思い当たりませんでした。

「あのう……」

私は、恐る恐る、表で、井戸端会議をしていた住民の皆さんに歩み寄りました。おしゃべりが、ピタッと止まり、一斉に、皆さんの目が、私に注がれました。

「あんら！とーちょー（東京）の人だべ～」

「げーのーじんに、会ったことあるべか？」

そして、一斉に、笑い出しました。

すると、長靴を履いた、おかあさんが、自分が嵌めていた軍手を外して、ポイ、と、私に投げました。

「じゃがいもさ、掘ってみっぺか？」

そして、おかあさんは、私の返事は待たず、スタスタと歩き始めました。

「ほれ、こっちさ、来い」

おかあさんが立ち止まり、手招きしたのは、仮設住宅の隅っこに残された、野球のスコアボードの裏でした。見ると、そこには、猫の額ほどの小さな畑がありました。私は、今まで気づきませんでした。

おかあさんは、ザクザクと、土に鍬をいれました。

「ほら、掘ってみれ」

土の匂いが、ぷうん、としました。その匂いは、鼻から体に染み込んで、焦っていた心が、ゆったりと、落ち着いてゆくように感じました。しかし、次の瞬間、私は、「ぎゃーっ！」と、仮設中に響き渡る叫び声を上げてしまいました。大きなミミズが出てきたのです。

「何がキャーだ！ミミズが、アンタに何かしたと？」

おかあさんは、豪快に笑いました。そして言いました。

「アンタさ、うちらに、はまれ」

〝はまれ〟というのは、気仙沼の方言で、仲間に入れという意味でした。

その日から、被災者の皆さんと、日々を共に暮らす生活がはじまりました。花や野菜を、名前や手入れを教わりながら、一緒に育てました。一緒に、歌を歌いました。皆さんからは、東北の民謡や懐かしい日本の歌を教わり、私は、トーチョーで流行りの歌を聴かせました。

一緒に、七夕やクリスマスのお飾りを、作りました。皆さんからは、繊細な折り紙細工や綺麗な編み物を教わり、私は、キャンドルの作り方を教えました。あざらやハーモニカなどの気仙沼料理を教わり、私は、生まれ故郷、新潟ののっぺ汁を教えました。

漁業の街、気仙沼ならでは、魚で季節を知ることを覚えました。元漁師さんの雄大な海の話、お母様方の長年の生活の知恵。様々な業種の年配者が暮らすこの仮設住宅は、先生の宝庫でした。

共に笑いました。そして、辛かった震災の話も沢山聞きました。それぞれの震災があり、それぞれの震災前の暮らしがあることを思いました。耳をかたむければ、かたむけた分、沢山の人生の学びがありました。

そして、はじめて暮らす土地に、ふるさとと同じ花が咲いていることにも、気づいたのです……。

辛い、東京までの通院。毎月のことなので、高額な新幹線は、使っていられません。一日かけて高速バスで通いました。肌寒くなってきた秋の日の夕暮れ。疲れ切って、ヨロヨロと、仮設のフェンスにたどり着くと、薄暗いベンチに、複数の人影がありました。そして、声がしました。

「おかえり」「おかえり」

復興支援に来たはずの私が、被災者の皆さんに、励まされて生きている。情けないやら、嬉しいやらで、ポロポロ泣けてきました。すると、みんなも、何故か、ポロポロ泣くのです。あの暖かい夕闇を、私は、一生、忘れないでしょう。

そして、気仙沼にも、昨年から、やっと、復興支援住宅が完成し始め、仮設住宅を出て行かれる方々も増えてきました。

私に、最初、芋を掘らせてくれた、おかあさんも、引っ越しの日が来ました。

「ありがとう。あんたに会えてよかった。あんたは、いつも、自分にも人にも、一生懸命だ。オラたちみてえな田舎モンの年寄りの言うこと、やることに、いちいち、目を輝かせてくれたっちゃ。あんたは、おらたちの心を揺さぶってくれたっちゃ。も一度がんばるべって、揺さぶってくれたっちゃ」


私は、ここの暮らしで、思いました。

「学び」とは、「気づき」なのだと。

学びは、日常の暮らしに、あふれるほど、存在している。向き合う人の中に、隣り合わせた人の中に、すれ違う旅人の中に。そして自分の中にも。ただ、それに気づくか気づかないかだけなのだ、と。心の窓を開いて、耳を澄まし、目をしっかり開けば、そこには、思いがけない学びが、あるのだと。


夫は、昨年、還暦を迎えました。

「還暦の還は、還元の還だ」

夫は、そう言って、任期を、また、もう一年延ばしました。
この仮設住宅も、解体まで、あと一年の予定です。私達は、ここで暮らす人たちと、
最後のひとりまで共に暮らし、そして見送りたい。気づき合い、学び合いながら。
震災から十年後の同窓会の日の為に。

死に逝く者の学びから得たこと

三上　香子

はじめに

私には、約十年前にがんでこの世を去った放送大学の学友Aさんがいる。Aさんは私に病と学問について身をもって教えてくれた。なお私には、人生の節目に寄り添い、的確なアドバイスをくださった複数の恩師がいる。しかし本稿では、教員ではなく学友を「師」として、Aさんのことを書き残すことにした。具体的には、放大生としてのAさんの入学動機から学生生活、病気の発症から闘病の様子を時系列に述べ、最後に死と学びについて言及する。

一、入学から卒業後の事件まで

高校を卒業してすぐ就職したAさんは、会社でも重要な仕事を任されていたにも関わらず、いつも「自分はこのままでいいのか」という葛藤をもっていた。そこで、定年退職を期に放送大学に大学卒業をめざして入学した。そして彼は、卒業に必要な単位を二年あまりで取得する。そこで卒業を試みたが、放送大学には卒業要件として四年の在籍期間が設定されていた。しかたなく残りの期間は適当な科目を履修しつつ学生生活を送ることとなった。私がAさんと学習センターで時々顔を合わすようになるのは、この頃である。のちに聞いた話によると、Aさんにとってこの二年間がもっとも大学生として充実した時期だったらしい。

期間満了をむかえ、Aさんは千葉で行われた卒業式に出席した。深夜バスでの旅から帰った彼は、「学割で安く移動できたこと」「帰りに居酒屋で卒業の乾杯をしながらひとりで声をあげてないたこと」など、嬉しそうに語った。

卒業してからすぐにAさんは、科目履修生として復学した。全科履修生として再入学しなかったのは、彼にとっては卒業がひとつの人生の区切りになっていたからだ、と思われる。

そんなある日、二つの事件がおこった。ひとつめは若い男子学生との言葉の概念に関する言い争いである。放送大学は学生の年齢層が広いことから、年齢の壁を超えて学生同士が繋がることができる。しかしその反面、世代間による物事の捉え方の違いからいざこざが起こることもあった。

ふたつめの事件は彼が所属していたサークル内でおこった。大学のサークル活動は、気に入らなければ辞めればよい。しかし、サークル活動を行っている者ほど大学への満足度が高いことは、周知の事実である。もちろんAさんも例外ではなかった。しかし彼は、その事件をきっかけにサークルを退会してしまった。

二、病の発症と面接授業

ある年の夏、Aさんから「体調が悪いので病院にいった」と電話があった。病名は胃がん。がんはすでにリンパ節や腹膜にまで達しており手術不能のステージⅣだった。しかし抗がん剤の投与で二年程度の延命が期待できるとのことであった。Aさんが放送大学の全科履修生として復学したのは、それからまもなくのことである。

それからのAさんは、面接授業に積極的に応募し、日本全国を飛びまわった。元々勉強が好きだった彼にとって学習を目的とした小旅行は、もっとも適した学習方法だと思われた。さらに、面接授業にむけて体調を整えることは、その日まで元気に生きる彼の目的にもなっていたのであろう。その証拠に、面接授業の準備をしている彼は、がん患者とは思えない明るさだった。また、Aさんは抗がん剤治療のため幾度となく入院したが、枕元にはいつも放大の印刷教材がおいてあった。

三、学習センターと最後の恋

そんなAさんも、一年を過ぎるころには自分の力で歩くのが難しくなってきた。私は、そんな彼の様子をみて、別れがそう遠くないことを察した。そこで思い切ってAさんに、「思い残すことはないか」と尋ねた。すると彼は、「学習センターに行きたい」と言った。ちょうど点滴もはずされている。さっき髭の手入れも済んだ。病院を抜け出すなら今しかない。私はAさんの耳元で、「大学に行こうか」と声をかけた。Aさんは一瞬驚いた顔をしたが、じっと私を見てふっふっふと笑い出した。それを見て、私はAさんを無断で病院から連れ出す決心をした。

看護師に「トイレに連れていく」と嘘を言い、車いすを借りてそこにAさんを座らせ、一気に詰所の前を通り過ぎた。エレベーターを降りて病院の玄関を出ると抜けるような青空が見えた。目の前には駅がある。しかし、車いすが使えるエレベーターがあるのは隣の駅だ。私たちは隣駅をめざして線路つたいに走った。風が心地よい。近くでイベントをしているのだろう。おそろいの大きな袋をもった若いカップルや親子連れとすれ違う。「車いすで走る私たちを見てかれらは何と思うだろうね」と私が言うと、Aさんは大声で笑った。つられて私も笑った。

学習センターにつくと、そこにいた学生がAさんを見て驚いて駆けつけてきた。人気者の彼は、あっと言う間に人だかりのなかに消えていった。私は邪魔をしないようにそっと学生控室から離れた。

ほどなくして私たちは学友に見送られて大学を後にした。帰り道でAさんは、みんなと逢えたことと、センター長が来て話しかけてくれたことを嬉しそうに話してくれた。

私たちは何事もなかったかのように病院に戻った。なお、私がしたことは、決してほめられたことではない。何事もなくて本当によかった。

さらに病状が進み、Aさんは寝たきりになることが多くなった。そこで私はもういちど「思い残すことはないか」と聞いてみた。すると彼は、「放大に好きな人がいる」と言った。お相手は大昔にご主人を亡くした女性（B子さん）で、私もよく知っている素敵な方だった。彼は私に、このことを他言しないように言った。理由は、死期が近い者の告白などB子さんにとっては迷惑にちがいない、と考えたからである。

しかし私は、Aさんに内緒でB子さんに彼の想いを告げた。なぜならどうしても彼女にお見舞いに来てもらいたかったからである。私の話を聞いたB子さんは、「Aさんの気持ちには、以前から気づいていた。喜んでお見舞いに行かせていただきます」と思いがけず嬉しい返事をくれた。

その後、B子さんは頻繁にAさんを見舞ってくれた。Aさんは、彼女が突然お見舞いにくることになった経緯について、当然私を疑ったはずである。しかし、なぜか一度も私を咎めたりしなかった。それよりB子さんとの会話について色々話してくれるAさんは、とても幸せそうだった。

四、最期の日

身内の方からAさんの最期が近いことを聞いた私は、B子さんと一緒に病院に駆けつけた。彼は肩で息をしながら私に、「学友に借りたCDと本を返却してほしい」と頼んだ。また、枕元に置いてある印刷教材を見て、「今さら勉強してどうするのだとみんな言うけどね…」とも言った。そこで私は、「いいじゃない、言いたい奴には言わせておけば。それより放大のおかげで人妻（私）と憧れの人（B子さん）をそばに置いて眠れるのよ。両手に花とはこのことよ。この幸せものめ」と、わざと明るく言った。するとAさんは、「本当だ。放大のおかげだ。あっははは」と、声をだして笑った。つられてそばにいた看護師も笑った。私はまた、「何か思い残すことはない？」と聞いてみた。すると彼は私をじっとみてにっこり笑い、「とくにない。いい人生だった」と答えた。私たちは笑顔で短いひとときを過ごした。そして翌日、Aさんは帰らぬ人になった。

五、センター長のことば

二〇〇八年年三月、センター長の退職記念パーティが行われた。歴代のセンター長のなかでもカリスマ的な人気を誇るこの先生のパーティには、百名を超える卒・在校生が参加した。しかし私は、学友を亡くした悲しみから引きこもりがちになり、パーティには参加しなかった。あとで聞いた話によると、センター長は、放送大学を愛する学生の代表としてAさんと私を例にあげ、「このような学生がいる放送大学でセンター長を務めることができたことは、喜びだった」とおっしゃったらしい。このありがたいお言葉は、天国のAさんにはきちんと届いていると思う。

おわりに

この経験を通して、私は高齢者が放送大学との関わりのなかでどのように生き、そして死んでいくのかを学ばせてもらった。人生の最期の貴重な時間を、学友として携わらせてくれたAさんに深く感謝している。ただ、Aさんがなぜ死ぬ直前まで印刷教材を読み、勉強をしていたのかについては、長年の疑問だった。死を目前とした者の学習について、はっきりと答えがだせなかったのである。

ところが昨年、偶然に「明日死ぬかのように生きなさい。永遠に生きるかのように学びなさい」というガンジーの言葉を目にした。それをみて私は、「そうだ！Aさんは生きることを諦めていなかった。だから勉強していた。それに違いない」と考えた。死に逝く者の学習は、学習することそのものが生き甲斐であり、その視点は自分が生きている未来に向けられていたのだ、と確信したのである。いつの日か私も、Aさんのように学びながら人生を終えたいと願っている。

我が人生最大の師

武藤　敏子

私が最も尊敬している方、それは高木春恵さんです。

高木さんとの出会いは、今から五十年近くも昔の事になります。東京の北区王子の名主の滝公園の側の読売新聞販売所での事になります。私が十九歳の時の二月三日の事でした。私は、新聞配達をしながら予備校と大学を出て小学校の教員になろうという志を立てて上京したのです。そして、高木さんが居られた新聞店にたどり着いたのでした。高木さんは当時六十二歳。店員さん達の賄いさんとして新聞店の台所の仕事をして居られました。店員さん達は男性ばかり。紅一点の私はおばさんに特にかわいがっていただきました。学校へ持っていくお弁当を特別に作っていただいたり、休みの日には、おばさんのアパートでお昼ご飯をごちそうになったりしました。勿論私も、おばさんのお手伝いもしました。食器洗いやおかずの材料の買い出しとかをしました。おばさんと一緒の仕事をするのが楽しくて、自然に体が動いた覚えがあります。

おばさんの仕事ぶりは、心のこもったものでした。限られた食費の中で、十五人もの店員さん達の満足の行くようにと工夫して居られました。おばさん手作りの漬け物やら、お正月や子供の日などの行事食で食事に変化をつけて下さっていました。

「もう少し朝起きる時間が遅いと助かるけどね。」

と言いながらも、八十歳近くまで賄いの仕事を続けられたのでした。自分の力を全力投球されての毎日であったと思います。私は、高木さんのように、毎日の生活を誠実に精一杯送られる方が尊いと思うのです。

高木さんは、熊本県出身の方。結婚されてからご主人の勤めの関係で満州に行かれました。子供が四人（男の子ばかり。）末の子が二歳の時にご主人を病気で亡くされました。と同時に、終戦を迎えられ、やっとのことで日本国へ引き揚げて来られたとの事でした。実家の田畑を借りて耕作し、子供四人を高校まで育て上げられたとのこと。子供達が皆上京して来たので自分も子供達の住む東京へと出て来られたとのこと。子供四人を育て上げた熊本では、独り身でありながらも五組の仲人をされたとのことでした。

確かに高木さんの生き方は力強いものでした。私に福沢諭吉氏の『心訓』をくださいました。額に納めた高木さん直筆によるものです。紹介してみます。

一、世の中で一番楽しく立派な事は一生涯を貫く仕事を持つという事です。

一、世の中で一番みじめな事は人間として教養のない事です。

一、世の中で一番さびしい事はする仕事のない事です。

一、世の中で一番みにくい事は他人の生活をうらやむ事です。

一、世の中で一番尊い事は人の為に奉仕し決して恩にきせない事です。

一、世の中で一番美しい事はすべてのものに愛情をもつ事です。

一、世の中で一番悲しい事はうそをつく事です。

この心訓の額は、今も尚私の部屋の窓辺の柱に掲げてあります。そして私を戒め続けてくれています。

高木さんと過ごした日々は充実したものでした。例えばこんなエピソードがあります。私が高校時代からあこがれ続けていた人に失恋をしたと涙ながらに訴えた時のこと。高木さんはこう言いました。

「その人は大きな損をしたねえ。敏子さんみたいな人を奥さんにすると、とっても幸せになれるのにねえ。」

と言って私を慰め、そして、

「敏子さんには、もっといい人が現れてきますよ。私の目には、その方の顔が見えますよ。その方は、とてもいい顔してるよ。」

と、自信を持って励まして下さったのでした。ある時のこと、

「おばさん、二千円も入っている財布を落としてしまったの。最近買ったばかりの財布でオレンジ色のかわいい物なの。」

と訴えた時のこと。高木さんは、

「拾った人が喜びましたよ。あきらめなさい。」

とサラリと言って、その後はもう取り合わないのでした。こんな事もありました。ある人に疑いをかけられているような気がして不安な気持ちになった時の事。

「私は何も悪い事をしていないのに、どうして疑われなくてはならないの。」

と訴えると、

「その問題は、三日経てば解決しますよ。三日間の辛抱ですよ。」

との高木さんの返答。それで私は、

「そうか、三日間我慢すればいいのだな。」

と、高木さんの言葉を信じて安心してしまうのでした。そして、確かにその問題は解決したのでした。三日経つうちに、私自身がその悩みを忘れてしまっていたからです。私の性格をよく理解されて、私によく合ったアドバイスをなさって解決して下さったのでした。今思い出してもお見事と拍手を送りたい心境になってしまいます。こんな事もありました。

「私はね、煙草が好きだったの。でもね、ある時、友達と道を歩いていた時の事、煙草の吸殻が落ちていたのをもったいないと言って友達が拾ったの。その姿がとても浅ましくみえたの。それから私は、ピタリと煙草をやめたわ。」

と、高木さんの思い出話を聞いた事がありました。禁煙するには、よほどの決意がないとなかなか治らないとよく聞きますが、高木さんは一度の体験からキッパリと止められたのでした。高木さんはとても意志の強い方なのだなと、私は心に強く感じた事を覚えています。

高木さんは、口癖のように

「教師という仕事は、貴い仕事ですよ。学校の先生になったら、敏子さんはとてもいい先生になるよ。」

と、温かい言葉で励まして下さいました。高木さんとお話しをしていると、いまにも私の両肩から翼が生えて来て、大空へと飛び立って行けるのではないかと思う程、心が広く軽くなっていくような気持ちになれるのでした。

いつもすぐ側で私を励まして下さった高木さんのお陰もあって、私は無事学校を卒業することができました。そして、我が故郷である福島県の教員採用試験にも合格することができました。小学校の教員となってからは、文通での交流が続きました。ある時の手紙に、高木さんから私へ遺言にも似た事が書かれてありました。その内容は、

「敏子さんが退職してからで良いから、私のお墓参りをして下さいね。その時は、敏子さんが育てた花を持って来て下さいね。」

というものでした。そんな日が来るのかなあとその時は思いましたが、確かにお墓参りの時はやって来てしまいました。高木さんのお墓は埼玉県大宮市に在る青葉霊園です。

高木さんの最期は、やはり高木さんらしいものでした。二月の初めに珍しく東京に雪が降りました。高木さんは、通行人の為を思って家の前の通路の雪を片づけ始めたのでした。その時高木さんは、八十八歳という高齢でした。その作業中に転倒し、腰を打ってしまわれました。その事故が、高木さんを天国へと導くキップとなってしまったのです。入院中に高木さんは、担当の医師や息子さん達に、

「もう私は死ぬのですから、延命治療の為の点滴などはしないで下さいよ。」

と、言明されたのでした。

今や我が国は、高齢化社会を迎えています。私が住むこの村も、後期高齢者の割合が全村民の十八パーセントという事態です。まさに約五人に一人が七十五歳以上なのです。私は、近所に住む高齢の方のお宅をお茶飲みしながら、訪問する事があります。元気な方というのはやはり気持ちがしっかりとしていらっしゃいます。元気だから気持ちがしっかりしているのか、気持ちがしっかりしているから元気なのかその辺はニワトリが

先か卵が先かの話と似ていますが、私はまず〝気〟だと思われるのです。

気持ちをしっかりと持って、家族や隣人を心から愛し尊重して、毎日毎日を大切に生きて行こうと思います。我が最大の師である高木さんを見習って。私の心の中にはいつも高木さんが居られて、高木さんの考え方が山びこのように繰り返し繰り返しこだましているのです。若い時に本当に良い方に出会う事ができたと自分の人生に感謝していきます。そして、できるだけ悔いのない人生を歩んで行きたいと願っています。

神様と王様の番号

堀　宗一朗

　彼と出会ったのは私が二十八歳、彼はまだ十歳の目の大きな可愛い少年だった。当時の私はドラマ制作会社に勤めていて、東京から大阪支社へ転勤してきたばかりだった。社は他にタレント部門も併設しており、有名な俳優も多く所属していた。また未来のスターを養成するスクールもあって、彼はその一研究生だった。本来なら接点はないのだが、授業には模擬オーディションと云う課目があって、たまたま私もその審査員を務めることになった。そこに彼がいたのだ。少しでも印象を良くしようと子供たちが、とびっきりの笑顔で質問に答える中、彼だけは俯き加減で表情も暗く、殆んど口を開くことはなかった。当然評価は低い。どんなに容姿が良くても、それ以上の魅力がないと判断されれば、所属を取り消され、スクールを辞めなければならない。こんな状態が続くと彼の身は危うくなる。が、沢山いる研究生の中の一人だ。本人にその気がないのなら、いくら親が熱心でも辞めた方が良い。ところが何故か私は彼のことが気になり、レッスン終了後に呼び止めていた。

「どうして自分をアピールしないんだ。黙って下を向いてちゃマイナス点しか付かないぞ」

それでも何も答えようとはしない。どんなに聞いても下を向くばかり。この子は一体……そこへ母親が迎えにやってきた。私は正直に今日の結果を告げ、このままスクールにいることに疑問を投げかけた。すると、

「この子は不登校児なんです」

思いがけない返答だった。生来内気な性格の上にいじめが重なり、もう三ケ月も学校に行ってないと言う。そこでそんな内気な性格を直そうと、スクールに入れたらしいのだが。母親は困惑気味に実情を語ってくれた。私は急に彼と話しをしてみたくなり、

「二人きりで話しをさせてもらえませんか。十分で良いんです。二人で話しを……」

私は母親を待たせ、彼をもう一度教室へ連れて戻り「このままで良いのか」と尋ねた

が、やはり下を向いたまま何も言葉を返さない。

「だからこのままで良いのかって聞いてるんだよ、この卑怯者！」

この毒舌に初めて彼が鋭い目を上げた。

「内気も外気もあるか。人前で喋れないのはお前に勇気が足りないからだ。だからいじめられるんだ。どうせされるがままなんだろ。やめてくれとも声に出せないんだろ。だからお前は卑怯者なんだよ」

私を睨む彼の瞳が次第に潤んできた。

「泣くなら大声で泣けよ。悔しいんなら向かってこい。なんにもできないんなら、お前は死んでるのと同じなんだ。さあ、叫べよ」

十歳の子供には、残酷な言葉だったと思う。私はどうかしてた。でもこの子を不憫に思い、だから次々に罵声を浴びせてしまい……でも驚いたことに彼は、瞳に涙を満々と湛えながらも、決してそれを溢そうとはせず。真一文字に結んだ唇に全身の力を込めていた。

「なんだよ、根性があるじゃないか」

それから私たちはゆっくりと話しを始めた。急がずに、彼の一言一句も聞き漏らさないよう注意しながら、私の言葉を交えた。そしてわかったことが二つある。まずその一つは、いじめの原因が内気だからと云うことではなく。出席番号が13番だからいじめられていたと云うこと。確かにこの頃、13日の金曜日と云う映画が大ヒットしていた。キリスト信者が忌み嫌う13を、この映画によって日本人にも浸透していた感は拭えないのかも知れない。そしてそれは子供たちの社会では如実なまでに生かされ、彼は映画の中の怪人ジェイソンと仇名が付き。そうからかわれていたのが、いじめへと発展していったらしい。子供とはかくも単純で恐ろしいものかと思い知らされた。だがそれは大きな間違いだ。

「トランプのキングは何番だ?」

「……13」

「だろう！13は王様の番号なんだぞ。一年は十二ヶ月。人間が住む世界は十二。そのひとつ上にある13は神様の世界なんだよ。13は神様の数字でもあるんだぞ」

と、大人には子供にはない知恵がある。

「王様……神様の数字……」

「そうだよ。13は支配者が持つ数字なんだ。今度いじめにあったらそう言ってやれ。お前達にはきっと天罰が下るってな」

大きく「うん」と頷く、彼の笑顔をこの時、初めて見た。

「なら学校に行けるな」

「うん」

「いじめられたら、そう言えるな」

「うん」

「それでもいじめられたら、先生にも相談ができるよな」

「うん」

「卑怯者じゃなくなるんだよな」

「うん」

元々が寡黙な男なんだろう。余計な言葉は一切ない。でも教室内に響く「うん」には彼の覚悟がはっきりと感じとられた。もう心配はないだろう。だったら、

「お前は本当は何がしたいんだ。このままここで芸能界を目指すのか？」

「野球！」

これが二つ目にわかったことだった。

「野球か。ピッチャーか？」

「セカンド」

寡黙な男はいぶし銀のポジションを心得ていた。

「だったらＰＬ学園へ行って甲子園を目指せ。そしたら応援に行くから、翔太（仮名）」

大阪の高校野球と言ったらＰＬしか知らない。それがどんなに困難な道かもわからずに
……

「わかった」

随分と無責任な注文に彼は、とてつもなく大きな声でそう答えてくれた。結局十分と言って、三時間近くも待たせてしまったのに、何も文句を言うことなく。何度も、「ありがとうございます」と頭を下げる母親に名刺を渡し、これを最後に彼はスクールを去って行った。この後、この少年からとんでもなく大切なことを教えられるとは……この時

はまだ予想だにしていなかった。

それから七年の歳月が流れた。私は東京に戻ることなく、地元出身の家内と所帯をもち結局居着いてしまった。仕事も大阪支社統括と云う要職に就き、忙しい日々を送っていた。そんな時、送り主の名前も住所も書かれていない、私宛の封書が届いた。中を見ると……夏の高校野球大阪府大会の日程表が入っていて。ずらりと並んだ校名のひとつに赤い印が付けられていた。PL学園だ。その下にとても小さな字で「翔太」とだけ書かれてある。「あの少年だ！」と思わず声をあげ、指折り数えてみる。高校三年生になっている。間違いなく彼が送ってきたものだ。

「そうか、本当にPLに行ったのか」

周囲が驚く程に大きな声で、私は一人、小踊りしながら喜んでしまっていた。ならば、すぐにでも応援に！　ところが統括は簡単に社を空けられない。気は焦るが、PLの試合日と私の予定が合わない。負ければ終わりのトーナメント。それでもPLはやはり強かった。決勝戦だけはと休みを取っていた日に、PLは……いや翔太はやってきてくれたのだ。日生球場。私は高まる興奮を全身で感じながら試合を観戦した。ところが翔太の出番が一向にやってこない。バックスクリーンで、彼が先発メンバーでないことはわかっていた。だが試合は接戦状態で、相方総力戦で挑んでいる。出てきてもおかしくないはず。そこで近くにいたＰＬの生徒に聞いてみた。

「久保翔太君は背番号が何番の選手かな？」

「翔太はベンチ入りしてません。あそこで、応援してると思います」

指差した先は、背番号を貰えなかったＰＬのユニフォームを着た大勢の選手たちだった。これは一体……あの送られてきた日程表の意味は……まさか！　そうだったのか！だから差出名を書かずに小さな字で中に……翔太とだけ書いて……それだけを送ってきたのは。応援に来てほしいと書かなかったのは。彼は私と会うことを望んだのではなく、最後の夏、ＰＬで野球をやっていることを知らせたかっただけなんだ。現実はそこまでドラマチックではなかったと云うことなのか……私はその生徒にもうひとつ質問をしてみた。

「翔太君は三年間、一度もベンチには入れなかったのかな」

「はい、すごく頑張ってたんですけど……あ、去年の春の試合に……でも、補欠で13

番を付けてましたけど」

「13番！」

「はい。すごく喜こんでました。王様の番号や、神様の番号や、そう言うて」

こ……こんなことって。彼はあの日の約束を大切にしてくれていたんだ。約束とはこれ程崇高で尊いものなのかと。私はこの時、確かに彼から教えられたと、そう悟った。後は、名も無き選手たちが涙で滲んで見えた。

結局ＰＬは惜しくも甲子園を逃がした。私は名刺の裏に「ありがとう」の一言だけを書き、その生徒に託して会うことなく帰ってきた。彼の本意を尊重した上での結論だ。その後、彼と再会することはなかった。名刺は渡してもらえたと思う。でも……と言うか、やはり彼から連絡してくることはなかった。今は、何処の空の下でどんな風に暮らしているのか。あの厳しいＰＬの練習に三年間耐えた男だ。何処にいても元気で頑張っているだろう。

翔太、お前の13番は今でもコンバットマーチを鳴らしてくれているか。私は君から教えられた約束の大切さ、尊さを三人の我が子にしっかりと伝えているよ。会えて良かった。話せて良かった。本当にそう思ってるよ。

そのＰＬの野球部も、今夏の予選を最後に休部となる。それが今は淋しく思う。

【追記】

文中に登場する「久保翔太」は仮名です。本人と連絡がとれないために、実名が出せなかったことを、どうか、ご了承下さいませ。

本文は省略こそあれ、事実であることは間違いありません。

学ぶこと、出会うこと

白石　通武

　私達は日々、様々なことを学びながら生きている。そして時折、自分にとって重大な意味をもつような、何か大きなことを学ぶこともある。何気ない不図した出来事や瞬間から、時に幸運な出来事を通して、あるいは時に不幸な出来事を通して、その学びは訪れる。学んでいる時や学んだ時に私達が感じるあの喜びや深い味わい。逆説的な言い方になるが、学べば学ぶほど、世界や人生が不思議と神秘（wonder）に満ちて（ful）いくのを、その味わいが深まっていくのを、私は四〇を超えたこの年齢になってようやく感じる。あの味わいの正体は、一体、何なのだろうか。学びにおいて、私達は一体、何を学んでいるのであろうか。もっと踏み込んで問えば、学ぶことによって私達が得ているものとは、本当のところ何なのだろうか。こういったことを、この小論を通して考察してみたい。

以前、家庭教師で小学二年生の男の子に算数を教えていた時、私は幸運にも、印象的な学びの瞬間に立ち会うことができた。ご両親から、どうも算数が苦手なようでもう本人もすっかり嫌いになっちゃっていて、と言われ、一度その男の子に会ってみることになった。話すと、彼はとてもしっかりした話し方をするし、愛嬌の振りまき方も上手で、賢い子だ。その内、数遊びや単純な足し算などを一緒にやっていると、「はっ」と気づかされたことがあった。どうやらこの子は「数」や「数字」に対するリアリティーや実感みたいなものが、ない、というかどうも希薄なのである。思わず私も、数って何？どう伝えればいい？と考え込む。そういったある意味根本的なことは、私も含めて誰も滅多に教わる機会がないのだから、この状況も、無理もないことであろう。こうして、その男の子にいわば導かれて、私達は共通の問いに出会った。

さて、その次に彼と会うまでに私は、調べたり人に聞いたり自分で考えたり、と苦慮した末、一つの面白い試みが頭に浮かんだ。当日、単純な足し算を遊び感覚で一緒にやっている最中に、恐る恐る、図にしながら彼に一つ尋ねてみる。「あのさ、リンゴ三こ

たす　ミカン二こ　は?って聞かれたら何て答える?」。すると今まで聞かれたことのないタイプの質問だと鋭く察知したのであろうか、彼も恐る恐るゆっくりと「……五?.?」と答えた。私が「なるほど、うん。この問題は好きなように考えていいから、他の答えはないかな?」と促すと、少し考えてから彼は「リンゴ三こ　たす　ミカン二こ　は、リンゴ三こ　と　ミカン二こ!」と元気に言った。これは私も全く予想していなかった答えで、動揺しつつもよくよく考えてみると、正しいし、面白い。ちゃんと「足した」とも言えるし、「足せない」ということを表現した、と様々に彼の思考過程を解釈することができる。「それは面白い!」と私が言って、さらなる他の答えを促すと、気を良くした彼は、独創的な答えを次々に案出する。その答えも尽きた頃、私は用意してきた答えを彼に提示してみる。「じゃあ、こういうのはどうかな?リンゴ三こ　たす　ミカン二こ　は、『くだもの五こ』」。その瞬間、彼は「あっ!!」と大きな声をあげ、顔つきが変わった。

彼はその時、自分自身の手で、何かに触れたのだろう。もちろん、先生役の私としては、数の世界、数字の本質にはじめて出会って、そのリアリティーを実感してくれたのだ、と期待したいところだがそれは瑣末な事柄だ。同じ問いを共有して、彼も私もその問いから学んで、それまでは感知していなかった世界や自分に出会った、ともいうべき喜びこそが、今何とかしてここで伝えてみたいことである。学校教育や義務教育では大事なことは教えない、というような指摘や批判をする気は、いささかもない。問いや、その問いから学べること、これらに出会う時期は、いつだって良いのだから。人が学ぶこと、学び続けることの本質において、早ければ早いほど良い、とか、もう遅い、などということは一切ないのである。

おそらく私達は、学びにおいて、その都度、新しい世界や自分と出会っている。その出会いの喜びが、私達が止まることなく学び続けるよう、駆り立ててくれるのではなかろうか。ヘレン・ケラーがサリバン先生との交流で、生まれて初めて言葉を学んだとされるあの有名なエピソードを思い出して頂きたい。手に水を注いでもらいながら学んだ「水 Water」という言葉。この時ヘレン・ケラーは、とある一つの言葉を学んだという事態をはるかに超えて、言葉というものが存在するということ、ものには名前があるのだということ、そういった喜びと一体化した学びを得ている。曖昧だった世界が、彼女に対して初めてはっきりと姿形を現した感動的な瞬間である。このことを言い換えれば、世界やそこに生きている自分に初めて直に触れた、それらに初めて出会った、そういった実感であろう。

このヘレン・ケラーのエピソードは、学ぶということの、そして学びによって得られるあの深い味わいの本質を象徴的に示してくれるという意味で、多くの人が感動し共感するものであろう。このエピソードは二人の偉人の人生の交流において生じた奇跡のお話ではあるけれども、だが、同時にこれは決して他人事ではなく、他ならぬ私達自身の身にもかつて生じたはずの出来事であり、そして学び続ける人すべてに今も生じているはずの出来事なのである。このお話に私達が正しくも共感できるとすれば、それは他ならぬ私達自身のエピソードでもあるからだ。たしかに、それを直接に思い出すのは容易ではなく、事実、私も思い返せない。いやしかし、その気配だけは憶えていて、はっきりとは思い返せないからこそ、それを思い出したくて私達は学び続けるのではあるまいか。世界や自分との、あの時の出会いと喜びを再現したくて、私達は今も新たに学び続けているのではないか。そして、その学びによって私達は結局、さらに新しい世界や自分に出会うのである。世界との初めての出会いを思い返すこと（回顧）が、そのまま新しい世界との出会い（創造）になるような営み。これこそが、学びにともなうあの喜びや深い味わいの正体なのでは、と私は思うのである。学ぶたびに私達は生まれ変わる、そう端的に表現しても良いかもしれない。そう、たしかに生まれ変わるのだ。

二〇代から三〇代にかけて、私は一匹の小鳥を飼っていた。愛鳥、と言わせて頂こう。彼が一三年間の寿命を全うし、私の手の中で息を引き取ったその日から、言葉にはとてもできない感覚に包まれた。もちろん、悲しい。そして寂しい。と同時に、それらと分かちがたく生じる、大きな感謝と満たされた感覚。奇跡と出会えたこと、いや、私達が奇跡を生きていることへの、言葉にできない気持ち。そして、こうして書くのは恥ずかしいけれども、気づくと、私は以前に比べて随分と優しい人間になっていた。彼が、すべて教えてくれたのである。幸せの青い鳥が！

学んだときに、それまで接していた世界の肌触りが変わるということ、そして世界と接していた自分の色合いが変わるということ。学ぶたびに、私達は、新しい世界と自分に出会い続けているということ。思い切った言い方をすれば、私は、学ぶことによってそれまでの私ではなくなっていく。と同時に、学ぶことによって、私はより一層、私になっていく。私は、学びによって、私と別離し、そして私と出会う。もちろん、「私」とは、学び続ける全ての私達のことだ。

青い鳥の先生に限らず、私達が学ぶその時、いつでも先生は現れてくれる。先生がいるから私達は学べるのだけれども、それは物事の一面で、学ぶ人が存在しないと先生は真の先生になれない、という一面にも私達は気づく。学び続ける限り、まさに森羅万象が先生なのである。先生であれ生徒であれ、学ぶことに終わりがない、ということを何故か私達が分かっている。学び知ることによって分からないことが単純に減っていくのだとしたら、これは逆説になってしまう。この逆説は、それだけ世界やそこに生きる私達が、汲み尽くせない豊かさと神秘を携えているということの証左なのだろう。

私達は皆、きっと、不思議の国（wonder land）に生まれ落ちたのだ。その国は、私達が学べば学ぶほど、不思議と神秘の色に溢れ、奇跡に満ちた国（Wonderful land）となる。この小論で伝えてみたかった学ぶこと、学び続けることの素晴らしさが、これら異国語の単語の中に既に込められていたことに、私自身改めて驚くほかない。学び続けている友人達は、共感してくれるだろうか。

第四章　探究に学ぶ

フォーカル・ジストニアという困難を乗り越えてみて

ピアノ愛好者の私は、指がうまく動かなくなるフォーカル・ジストニアを発症してしまうが、誰も知らないこの病気を自分が最初に解明してやろうという野心と好奇心に、心を占拠される。まずは理科の教科書で中枢神経について学び、仮説を立て、実験し、考察する。知識と経験を積み上げた私はやがて新たな指の動きを獲得し、コンクールで念願のセミ・ファイナル進出を果たす。私の最も偉大な先生はやはりピアノだ。最後はピアノの美しい音が決めてくれるのだ。

畑から学んだこと

義母の畑を受け継ぎ十年、私は畑からたくさんのことを学んでいる。息で舞うほど小さな種が芽を出し大きな球となったとき、種の力に自然の偉大さを学んだ。畑の時間は長く、結論を急ぐ必要がないことを教えてくれた。そして、畑は私に考えることを促す。しんどいと言いながら畑仕事を続けていた義母が、耕した畑を見ながら満足感いっぱいだったことを思い出し、私は、義母もまた畑から学び、働くことを楽しんでいたのだと気づく。

本に育てられた人生

内気で意思表示の苦手な「ヒキョーモン」の私は、学校では図書室に入り浸り、手当たり次第に本を読み漁り、夢中で絵を描いた。原動力は本がくれた。本をきっかけに絵画コンクールや作文コンクールで評価されるチャンスを掴み、自信を生んだ。弁論大会に生徒会長、友達がドンドン増える。信じられない成長だった。無尽蔵に出現する本の山が、私を教え導き、私に最高の教師であり続けている。

「学び」は生活の中にある

「藤原道綱母」という名前に心を揺さぶられ、学びのテーマを見つけた私は、古典を学びなおす機会を得る。学びなおすことは「もう一つの視点」で学ぶことであり、その視点は生活の中にあることを知った。文学講座の講師としてたくさんの受講生たちとともに学ぶことで「もう一つの視点」を教えていただいた。今自分の生活感をもとに、新たな視点で人生を見直した時、そこにあるのはフロンティアであり、これを切り拓く喜びは大きい。

「音楽」が教えてくれたこと

自分の最期に聴こえる「音」は、どんな響きなのだろう。学べる明日が存在することは当たり前ではないが、人は絶望に直面すると明日を手にすることを自ら放棄することがある。でも、生きて奏でることが前提の音楽の学びにおいて「無意味」な時間は存在しない。奏でるためには生き続けなければならない。そして最期を迎えるその日まで、様々な経験を積んで学び続けた分だけ、自分に聴こえる「音」の響きの可能性も広がってゆくのだから「生きてみよう」。

フォーカル・ジストニアという困難を乗り越えてみて

滝　和子

以前、中学で受け持っていたあるクラスの、最後の授業で生徒たちに語ったことをここに書こうと思う。それは、生徒たちとの別れに際し、これから人生を切り開いていく若者たちへ贈った、生きる知恵と教訓の言葉である。

私はピアノが大好きで、趣味がピアノなら特技もピアノ、国際アマチュアコンクールに参加するため、毎年海外まで出かけて行くほどの熱心なピアノ愛好者である。生徒たちもそれをよく知っていて、休み時間にピアノを弾く私の周りに集まってはうっとりするような表情で聴き入り、私の手の動きを見ては、マジやばい、めっちゃきれい、などと、彼ら彼女らの言葉で絶大な賛辞を送ってくれた。

その私の手。十本のうちの二本の指が、ある事情で自由を失っていたことに、気づいた生徒はいただろうか。

ピアノを弾く指に異変をおぼえたのは今から約七年前のことだった。左手の人差し指になぜか力が入らず、鍵盤の上で転び、音階が滑らかに弾けなくなってしまった。私は手を止め、首を傾げた。音階などさほど難しいテクニックではない、うまく弾けなかったことなど今まで一度もないのに、なぜ。練習不足で指が鈍ったのかしらと思い、子供の頃に使った教則本を取り出し、とりあえず指の強化訓練に励んだ。だが、励めば励むほど、指の力はますます弱っていくように思えた。私はさらに首を傾げた。少し休んだ方がいいのだろうか、と、一ヶ月ほどピアノから離れてみることにした。が、良くなる気配はやはりなく、いつしか指はなかば麻痺したように動かなくなっていた。

さすがにこれはおかしいと思い、近所の整形外科に駆け込んだ。下された診断は腱鞘炎で、処置と投薬を受け、しばらく様子を見るよう進言された。腱鞘炎はピアノ奏者がよく罹る職業病のようなもので、そういったものに縁のなかった私は、とうとう自分も本格的にピアニストの仲間入りか、と、心の中に苦笑を浮かべた。しかし、何ヶ月様子を見ても指の状態は変わらなかった。腱鞘炎ではないのだろうか。今度は鍼灸院を訪れた。しかしそこでも回復を見ることはなく、それから、では接骨院はどうだ、整体は、整骨院は……と、藁にもすがる思いで方々訪ね歩いた。が、結果はどこも同じだった。

指が動かない、ただそれだけだったのだが、最愛のピアノが思うように弾けない苛立ちと、自分の体内で何が起きているのかわからない不安は、それまでの人生で味わったことのない感情だった。

異変をおぼえて約一年半、ようやくこの指に正しい診断が下される日がやって来た。

それは〈フォーカル・ジストニア〉という、見たことも聞いたこともない名前だった。診断を下した整形外科医によると、これは楽器奏者がよく罹るもので、中枢神経の神経伝達異常によりもたらされる運動機能障害の一種、とのことだった。治りますか、と尋ねると、これは完治が非常に難しく、治療法は確立されておらず、リハビリが有効という報告もあるもののその方法も確立されていない、そもそもフォーカル・ジストニアの研究が始まったのが二十世紀の終わり頃で、進んでいるとは言えず、これに関してはまだ誰も正確なことを知らないのが現状です、と申し訳なさげに言った。

フォーカル・ジストニアに罹るピアノ奏者は案外多く、研究報告によって幾分ばらつきがあるものの、発症率は五～十五パーセント程度、概ね十人に一人が発症しているかその予備軍と考えられているという。ピアノ奏者が百人いれば、そのうち十人がジストニアという計算だ。その人たちも私と同様、不安と焦りを抱えて病院を訪れ、同じ宣告を受ける。たいていの人は打ちひしがれ、途方に暮れてしまうという。しかし、私はなぜかそうならなかった。もう一度かつてのように弾きたい、という強い思いは確かにあった。しかしいつの頃からか私の心を占拠していたのは、弾きたいという思いよりは、この、何も確立されておらず誰も正確なことを知らないフォーカル・ジストニアを、自分が最初に解明してやろうという野心と好奇心だった。そしてこれはできるのではないかという予感があった。医師や研究者らは患者の症例を通してでしかこれを知り得ないが、こちらは当事者、自分の体内にこれが実在し、自分自身の感覚でこれを実感できる。それだけで彼らよりすでに二歩も三歩も先を行っている気がしていた。

まず、フォーカル・ジストニアが何者かを知るところから始めた。原因は中枢神経の神経伝達異常であるという。中枢神経とは何だ。

職場は中学校だったので、理科の教科書や参考書の類いには事欠かなかった。それらを借りて読み、中枢神経について調べた。理科二分野の生物の箇所に基本的なことは書かれていた。もう少し詳しく調べるため、高校の生物の参考書も入手した。信じられないかもしれないが、それらの解説だけで自分の体内で何が起きているのか、概ね把握することができたのだった。

ジストニアは中枢神経の神経伝達の行き違いによって起こる筋肉の収縮異常であるとされる。発症の原因は不明だが、強いストレスや不安、焦り、緊張等が引金となるケースが多いという。そこで私は一つ、推測を立ててみた。ストレスや緊張は自律神経の司る範囲である。よってジストニアを克服するには、指そのものに取り組むより、自律神経を整える方が早いのではなかろうか。

それから、症状に支配された指の筋肉を使う代わりに、骨や関節を使って鍵盤を操作する方法を考えてみた。骨＝骨の重み、つまり重力である。私は時間を見つけては校庭や体育館のすみで体を動かした。時に生徒相手にバドミントンをしたり、バスケットゴールにボールを放り込んでみたり、その中でバランスのとれた合理的な動きというものを探った。さらに週三日、自宅から職場までの六キロの道のりを歩き、歩く時の体の動きと状態を観察した。歩くという行為は基本的に重心移動だけで行えるはずで、移動の際、体の中心軸のバランスがうまく保てれば使う筋肉は最小限ですむ。その歩く動きを手の動きにも応用できないかと考えたのだ。筋肉の収縮異常がジストニアの症状であるなら、最初から筋肉を使わなければいいという発想だ。

ある時興味深いことを発見した。あることをしたらジストニアの症状が一瞬で消えたのである。あることとは〈手袋をはめて弾く〉。手袋をはめるとどれほど弾きにくい箇所でも、まるで何事もなかったように指がスムーズに動いた。その効果は手袋を外した後もしばらく続き、つまり、自分の手に症状のない状態が戻ってきたのだった。私は有頂天になり、これだ、これだ、と手袋をはめて練習に邁進した。

しかしほどなく、手袋をはめていても症状が現れるようになってしまった。喜びは一転、落胆へと変じた。これは〈感覚トリック〉という、フォーカル・ジストニアのリハビリで使われる手法の一つで、手袋などのアイテムを用いて指先に普段とは違う感覚を与え、普段とは違う反応を引き出すために行われる。症状が消えたのはそのためで、長時間続けると手袋が普段の範疇に取り込まれ、トリックが効かなくなる恐れがあるので注意が必要であることを後で知った。私は落胆はしたが、これで一つ賢くもなった。

それから練習の際、メトロノームを使わず、代わりに足先でテンポを刻みながら弾くと、症状がある指も鍵盤をしっかりと捉えられることを発見した。また、楽譜を読む時はメロディーラインだけを追うのではなく、グラフを読むように縦軸と横軸（音の高さと時間の経過の関係）を考えながら読むとやはり手が安定した。これらのことから、ジストニアの症状を引き起こす神経伝達の行き違いは、拍の勘定やグラフを読み解くような、数学的な作業でもって抑えられると推測できた。言い換えれば、焦りや不安や緊張を、勘定や計算で冷静に鎮めていくのである。

この、中枢神経の神経伝達の行き違いがもたらす様々な現象が、そのうち私には面白くて仕方なくなった。ともかく目が覚めている間はいつでも実験の時間だった。仮説を立て、推測し、実験し、結果を得て考察する。そうやって一つひとつ知識と経験が積み上がっていき、やがて私の手は従来とは違う、新たな動きを獲得し、演奏の舞台に復帰した。

そうして二〇一三年夏、米国の首都ワシントンで行われた国際アマチュアピアノコンクールで、私は念願だった予選突破を果たし、セミ・ファイナルの舞台へ進出した。

フォーカル・ジストニアという困難を得た時、今まで関心を払ったこともなかった周囲のものすべてが動き出し、私の手本となり、私を導いていった。この困難の克服への突破口を開いたのは、専門医でも、研究者でもなく、中学理科の教科書でした、そう言った時、生徒たちの目が変わるのを見てとった。

「先生、次の目標はファイナル進出ですか。」

と、一人の生徒が問うた。私は、

「いいえ、もちろん〈優勝〉です。」

と答えた。

私の「先生」……さて、誰だろうか。世の中の森羅万象のすべてが私の先生のようにも思うが、その中でももっとも偉大な先生は、やはり〈ピアノ〉だろう。身の回りのありとあらゆる事物から答えを探し出し、推測し、それが正しいか正しくないか、最後はピアノが決めてくれる。私がどれほど「これはいい」と思っても、ピアノから美しい音が聴こえてこなければ、やはりそれは違うのだ、と。

畑から学んだこと

谷口　幸子

義母が作っていた畑を受けついで、かれこれ十年になる。九十で亡くなった義母が嫁いで初めて畑仕事をしなければならなくなり、泣く思いで耕してきたと言っていた畑だ。晩年は膝が悪くなり、広島弁で「しんどい。(辛い)」と言いながらも這うようにして畑仕事をしていた。それでも止めるとは言わなかった畑を受けついで、私も定年の少し前から手伝い始めるようになった。最初は定年後の趣味くらいに考えて始めた畑仕事だった。

しかし今、私はこの畑からたくさんのことを学んでいる。学校で、職場で、読書で、子育てでたくさんのことを学んできたけれど、今私の先生は「畑」だ。

種の力

最初に蒔いた種は、白菜だった。一ミリにも満たない小さな種は、よく見ようと顔を近づけると私の息で舞い上がった。こんなに軽くて小さな種から白菜ができるとは、信じられなかった。それまで私の生活していた世界ではないことだった。スーパーマーケットに並ぶ二分の一や、四分の一にカットされた白菜が、この小さな種から生まれると知ったのは、驚きだった。

やがて半信半疑で蒔いた白菜が芽を出し大きな球となったとき、私は奇跡を見る思いだった。こんなにも自然は偉大なのだ、と思った。確かに文明は多くのものを作った。巨大な建築や細密で精巧な工芸品、しかし、この小さな種から立派な野菜をつくりあげた自然にはかなわない、と思った。

それは私が六〇年余り学んできたこととは違う種類の学びだった。

畑時間

「助長」という言葉を高等学校で習ったとき、なんと愚かな男がいるのか、と思った。

自分が蒔いた種からせっかく出た芽を、早く生長させようと引っ張って駄目にしてしまう農夫の話だ。

家庭菜園を始めてから、私はこの農夫と似たようなことを何度も繰り返した。蒔いたニンジンがなかなか芽を出さないので、しびれを切らしてもう一度耕してホウレン草を蒔いた。すると芽を出したホウレン草の所々からニンジンが芽を出しているのを発見した。あのまま待っていればニンジンは芽を出していたのだ、と後悔した。

芽を出すまでの時間はもっと長くかかることもあった。アメリカの友人からもらった「カリフォルニアポピー」は蒔いた年には芽を出さず、天候の違いか、とあきらめていたら翌年になって見慣れない苗が顔を出しているのに気付いた。苗は温かくなるにつれ逞しく育ち、やがて花壇はポピーの群生となった。外国産の花は強く、夏の乾燥にも耐えて私の庭を朱色に染めて咲き誇った。

樹木の場合は、もっと長くかかる。実がなるのに十年以上待たねばならないことがざらだ。義父が植えた柚子は亡くなってから、よく実がなるようになった。「柚子の大馬鹿、十八年」と言うが、もっと長くかかったにちがいない。

嫁いできたとき、その義父から孫に食べさせようと実のなる木を植えたのだ、と聞いた。義父が植えた果樹はなかなか実をつけず、孫のほうが早く成長した。そしてその孫たちは実を食べることなく、家を巣立って行った。今頃になって、義父の植えた樹はたくさんの実をつけるようになった。

義父にならって私が植えたミカンも、十年目の昨年、ようやく三個、実をつけた。この樹がたくさんの実をつけるようになるのは何年後か、と気が遠くなる気がする。

短期間で結果を出す人間界に比べ、畑の時間は長い。退職した私は、その畑の時間から学ぶことが多い。結論を急ぐ必要はないのだ。ゆったりとした時間の流れに身をまかせていれば、成るものは成るのだ、と畑は教えてくれる。

畑で学ぶ

先日の新聞に載っていたある農業指導者の人の意見に、思わず頷いた。

「(農業をしようという人は) ぜひ、自分で考える習慣をつけてほしいんです。農業は楽なようだが、頭を使う。どうすれば効率よく収穫できるか、高く売れる時季に出荷するにはいつ植え付ければいいか。」

　これは就農する若者に向けての言葉だが、家庭菜園にもあてはまる言葉だと思う。どうすれば立派な野菜が収穫できるか、私はいつも考えている。昨年のやり方のどこに問題があったのか、今年はどこを変えればもっと収穫が増やせるのか。

　スナップエンドウは最初に植えた年がいちばんよく出来た。毎日とれるスナップエンドウが食べきれなくて知り合いに配って、喜ばれた。スーパーマーケットで買うのに比べプックリと太っていて食べがいがあった。大きいのに短い時間で茹であがり、シャキッとしているのに柔らかい。大量にゆでたスナップエンドウを肴にビールを飲んだ豪勢な夕食は我が家の語り草になっている。

　ところが、その後スナップエンドウはうまくできない。同時に植える「絹さや」はうまく育つのに、なぜかスナップエンドウだけは収穫量が少ない。植える場所を変えたり、肥料を増やしたりしてみるが、最初の年のようにはいかない。

　農業指導者の方の言葉のとおり、農業は頭を使う作業だと思う。畑は私に学ぶことを促す。図書館で野菜作りの本を片っ端から読む。インターネットで、家庭菜園のページを開く。新聞も農業関係の記事があれば惹きつけられる。今や私の興味は、野菜の育て方だけでなく肥料や、自然農業、農民文学にまで広がっている。知れば知るほど奥が深くて、好奇心をくすぐられる。

ところでこうした数々の情報から学んだ最大のことは、肥料のことだ。私にとって、まさに学びの革命といっても過言ではない。生ごみや引き抜いた雑草や落ち葉が埋め込んでおくだけで肥えた土に変わるのは、驚きだった。かつて学生だった頃、知識としては学んでいた。社会に出てからも、エコ関連の記事として興味を持っていた。だが目の前でビニール袋につめこんで放っておいた落ち葉や雑草が土に変わっているのを実際に見たときは、感動した。黒々とした土はしっとりと湿っていて、ミミズの赤ちゃんがたくさん生まれていた。調べたり学んだりしたことを目の前で見ることができる、これが畑づくりの面白さだと思う。

炎天下の草取り、土起こしや畝作りの重労働、苦心したのに貧弱な収穫、畑仕事は損得で考えたら見合わない作業だ。畑で費やす膨大な時間を時給に換算したら、バイトに出たほうがずっとましだろう。

しかし、その苦労が報われたときの喜びは大きい。今まで作ったことのなかったズッキーニやパクチーやセロリが、我が畑でも育つのを見たとき、次は何をつくろうか、と夢が広がる。去年までとは作り方を変えるとイチゴが大きくなった。黒ビニールのマルチよりも稲わらを敷く方がよいのかもしれない。など畑は私に考えることを促す。

義母が亡くなって来年は七回忌になる。汗びっしょりで畑仕事を終えた義母はとても辛そうだった。膝に水がたまって痛い、と医者通いもしていた。私はそんな義母を見て「そんなにきついのなら、畑はもう止めたら」と、言ったこともあった。

でも、このごろ私は気づいた。義母は決して畑仕事がいやだったのではない、と。自分が耕した畑を見ながら、木陰で一服していた義母の顔は満足感でいっぱいだったのだ。義母も畑から学び、畑で働くことを楽しんでいたのだ、と。

本に育てられた人生

齋藤　恒義

物心ついたとき、自分がとんでもなく内向的な性格だと自覚した。

「お前はヒキョーモンやで」

ふるさとでは「ヒキョーモン」とは、内弁慶な性格を差す。たぶん卑怯者と書くのだろう。母をはじめ家族の誰もが、口数が少なく暗い表情の末っ子を、そう断じた。家族にすら心を許してざっくばらんに話せない、実に可愛げのない子供だった。当人は「ヒキョーモン」とよばれても、どう対処していいのかわかるはずもない。ますます内にこもるようになった。

「おい、〇〇。遊びに行くぞ！」

最初こそ、そう誘ってくれた兄。遊びに行った先でひとりぽつねんといる弟を見かねてか、いつしか誘わなくなった。

小学校に上がると、集団生活に馴染めない子供に居場所はなかった。先生に声をかけられても、顔を赤らめモジモジ。返事もままならない子供に、さすがの先生も手をこまねくしかなかったに違いない。

授業が終わり休み時間になると、級友は元気いっぱい校庭へ飛び出し遊びに夢中になった。ひとり教室に取り残され、ノートに落書きしたり、本を読んで時間を過ごした。「おもろないやっちゃのう」「ほっとけ、ほっとけ」一緒に遊んだかて、邪魔なだけやで」あからさまに言われても、頭を上げずに沈黙を決め込んだ。すぐ級友たちは諦めて、声をかけもしなくなった。「あんなやっちゃ。あいつヒキョーモンやど」と決め込んだのだ。

手持ちの本を読みつくすと、学校に本がいっぱい詰まった場所があるのを発見した。図書室だった。以来、休み時間は図書室に入り浸った。

「○○くん。みんなと遊んだらええのに」

子供に気を配っていた先生が声をかけた。

「……あ、あの……」

意思表示がうまく出来ない。先生は諦めて、静観の体を決め込んだ。

そんな、ある意味での問題児が救われたのは図書室だった。あらゆる本が手の届くところにあった。手当たり次第に読み漁った。なかでも、物語本に魅了された。

「十五少年漂流記」「ガリバー旅行記」……ワクワクドキドキさせられっぱなしだった。

そして出会ったのは「シートン動物記」と「ファーブル昆虫記」。そこに描かれた緻密なオオカミやほかの動物、そして虫たちの絵。まるで生きていた。もう惹き込まれた。

（ぼくも描いてみよう）

思いついてノートに絵を描きなぐった。落書きじゃなく、「シートン動物記」の模写から始まった絵は、身近なものを題材に描くようになった。夢中で毎日何かを描いた。ノートの切れ端から始まった絵は、画用紙へ移った。クレヨンや絵の具も本格的に使い始める。とにかく面白くて時間を忘れた。

「この間の写生大会で、うちの学校の○○くんが金賞に選ばれました」

まるで夢を見ている感じだった。嬉しいという実感はない。茫然自失状態である。朝の全校集会で、名前を呼ばれ前に出ての表彰……夢の世界をさまよった。

学級で最も影の薄かった子供が一躍主役に躍り出た。級友たちに持て囃され面食らうばかり。それでも「ヒキョーモン」の性格は変わらない。無表情で反応の鈍い子のままだった。もちろん図書室通いはやめられない。気を使わなくて済む世界が、そこにだけあった。

絵でコンクール入賞の常連となった。賞品のクレパスや絵の具は買わなくても済んだ。それに図書室で開いた本に描かれた挿絵や図鑑に感動を覚えると、すぐ模写した。遊ぶ友達がいないから、時間はたっぷりある。テーマは無限に増えていく。描き続けていくと、絵も格段にうまくなった。

小学校高学年になると、図書室はなくてならぬものとなった。「少年少女日本文学全集」は読破して、「少年少女世界文学全集」もほとんど読みつくす寸前だった。

そんなに成績のいい方ではない。それが不思議に国語と図画の成績だけは図抜けていた。

「〇〇、何ページを読んでくれ」

しょっちゅう教科書を読まされた。読書に夢中になれば、ちいさな声を出して読んでしまう。そんな読み方が身についた。

「お前、うまいのう」

先生が朗読を褒めると、級友は「ほうー！」と驚きの目を向けた。悪い気持ちはしない。それでも、やはり「ヒキョーモン」の性格を克服するまでには至らなかった。他では全く目立たない存在に変わりはなかった。

六年生にあがってすぐだった。授業が終わると、先生に声をかけられた。

「おい、○○。頼みたいことがあるんや」

意表を突かれた思いで、教壇に向かった。

「何が起こったんや？」と興味津々の級友たちの目が気になる。

いかつい顔をした情熱的な教え方をする先生だった。積極的な子に人気がある。当然、声をかけるのは、そんな子が多い。（えこひいきしてる）と、自分の性格をよそに、思い込んだ。それが「ヒキョーモン」が抱くジェラシーだったと、気付かないままである。

まさか、その先生に「頼まれごと」をされるなんて思いもしなかった。（まさか、どこかで失敗していたのを叱られるのでは）と不安さえ覚えた。でも違った。

「この教科書とマンガの絵を紙芝居にしてほしいんや」

「え？」

見せられたのは一年生の国語教科書と新聞のマンガ欄、昔話で色付きの挿絵。マンガは子供が主人公の四コマだった。

「お前、絵がうまいんやてのう。知らなんだわ、先生。他の先生はみんな褒めとったで」

新任の先生で、絵画コンクール入賞の常連児童を知らなかったのだ。

「他の小学校の授業で使いたいねん。うちの嫁はんが受け持っとるんや。頼まれてくれ」

こんなざっくばらんな話し方をされたのは、初めての経験である。これまで先生は腫物をさわりでもするように、余所行きのあまり感情を入れない言葉で話をした。それが、この先生はまるで違った。

「どないや？描いてくれるか」

「……は…はい」

先生と目をあわせられず、消え入りそうな返事だった。

パンと両肩を軽くたたかれた。

「そうか、よかった。先生のう、大助かりじゃ」

はしゃいでる(?)声に、思わず先生の顔を見た。相好を崩した先生が何度も頷いた。これも初体験である。先生が、大人が笑いかけてくれるなんて、あり得ないことだった。

「さすがやな。うまいのう、○○は。おおけに、先生助かったわ!」

一週間かかって丁寧に描き上げた紙芝居を提出すると、先生の笑顔はこぼれんばかりとなった。嬉しかった。これまで味わったことのない喜びである。お話の主人公がいいことをしたり、冒険に成功した場面で感動を覚えた心境が、なんとなく理解できる。

中学校を経て高等学校も図書室は最高の学び舎であり続けた。たくさんの本が心を癒し、新たな世界をくれた。

「○○くん。弁論大会に出てみないか?」

呼びかけたのは国語の教科を担任する先生。

「弁論て……人前で喋るん……出来ません」

「大丈夫やて。きみの授業態度見てる僕が太鼓判押すんや。弁論のやり方はちゃんと練習してもらうから、心配せんでええ」

「はい」

国語は大好きな科目だった。図書室で読んだ本の数だけ国語の成績はかなり良かった。先生が目をかけてくれたのはその成果に他ならない。先生の申し出は、とても断れない。

「……未来を夢見て、いま前向きに生きる自分がいる。それは、友達のおかげです。友達を作ることを避けていた子供が、普通に学校生活が送れるようになったのは、やはり友達がいるからです……！」

弁論は聴衆の共感を呼んだ。結果は優勝だった。胸が熱くなり目は潤んだ。

高校に入って友達が出来た。本好きで、生真面目で、やっぱり「ヒキョーモン」な、生き方が似通ったもの同士。その友達を得られたのは、高校で同好会を立ち上げたからである。物怖じして何も行動しなかった人間が、自ら歩き始めたからだった。その体験を弁論で正直に告白（？）した。真実の主張だった。

原動力は図書室で読み続けた本がくれた。知識や思考力、行動や決断する勇気の素晴らしさを、本は惜しみなく学ばせてくれた。

本をきっかけに、絵画コンクールや読書感想文、作文コンクールで評価されるチャンスを掴んだ。それが自信を生み、「ヒキョーモン」の殻を破る寸前まで成長したのだ。

弁論大会のあと、生徒会会長に立候補して選ばれた。新設三年目の高校生活をよくしようと懸命に頑張った。もうひとりではない。生徒会活動を共にする仲間がいた。友達がドンドン増える。先生ともひと通りの会話が出来るまでになった。信じられない成長だった。喜びと幸福感が全身を包み込む。

社会人になってからも、時間が出来れば図書館に通う。新聞を読み、雑誌を開き、新刊本や古書を読みふける。借り出した本は数日で読み終える。楽しくて時間を忘れてしまう。「ヒキョーモン」と言われ、いつもひとりぼっちでいた子供が、四人の子供の親になり、故郷に家を構えた。地域の一員として、ふるさとを担うまでになった。（やったど！）自分で自分をほめてやる。

そんな自分をここまで教え導いたのは、無尽蔵に出現する本の山だった。先生方や職場の上司先輩にも感謝は尽きないけれど、それ以上に、本は私に最高の教師であり続けた。

「学び」は生活の中にある

村山　洋子

「学び」は日々の生活の中にある。

六十歳を迎えた今の実感である。

地元新聞社主催のカルチャースクールや自治体の生涯学習講座で、日本の古典を中心に文学講座の講師をつとめて二十年。

「源氏物語」のようなよく知られた作品から、研究者でないと知らないような作品に至るまで、二十年間で十を超える古典作品を取り上げてきた。

幅広い年齢層の市民が参加する講座では、受講者が作品を単なる過去の優れた文化遺産としてとらえるのではなく、作者や作中人物に共感し、自分自身の生き方を考える「学びの場」となることを目標としてつとめてきた。

今振り返れば、二十年に及ぶ講座は、参加者にとっての「学び」の場であったように、私にとっても貴重な「学び」の場であった。しかもそれは、単に文学に関する学びであったのみでなく、私自身が作者や作中人物を通して自分の生き方を見つめ直し、自分らしく生きるための「学び」の場であった。

私のファーストキャリアは高校の国語科教師であった。七年勤めた後、同僚だった夫との結婚を機に退職。「専業主婦」となった。今考えると、なぜ仕事をやめたのかよくわからない。ただ当時女性の結婚退職は一般的ではあった。同時に私が自分のキャリアや生き方に関して深く考えていなかったのも事実だった。

三十代はまさに「専業主婦」の十年だった。この間、夫は職場の中堅としてさまざまなプロジェクトに関わり活躍の場を広げていた。一方、私はといえば「村山先生の奥さん」と呼ばれ、いつの間にか名前をなくしていった。

四十歳を前に、松山市に転居。松山は出身地でもあり知人も多数いた。「○○さんの奥さん」ではなく、もう一度個人として評価されたいという思いが強くなっていた私は、高校時代の恩師を訪ね、その思いを語った。

その時恩師から声をかけていただいたのが、その後、二十年に及ぶ文学講座の講師の仕事であった。

教職を離れて十年以上。「教える」ことも、「文学に関わること」も、ある意味遠い過去になっていた。が、それは問題ではない。このチャンスを逃せば、ずっと私は名前をなくしたままかもしれない。四十歳を超えた今、次のチャンスはないと思った。とにかく挑戦しよう。講師として、受講者の学びを支援することと、自分自身が学びなおすことが同時進行のスタートだった。

学生とは違う、大人の受講生を対象とした文学講座。どうすれば興味関心を持ってもらえるのか。いや、まず、今の私自身が関心を持って取り上げることができるテーマは何か。試行錯誤の日々だった。

最初に取り上げた作品は「蜻蛉日記」

作者は「藤原道綱母」

古典としては、一般によく知られた作品である。教科書等にもよく取り上げられ、私自身も過去に何度も授業で扱った。よくわかっているはずだった。ところが、いざ学びなおし始めると、まず心にひっかかったのは作者名だった。

「藤原道綱母」という名前に、私は強く心を揺さぶられた。

女性はいつの時代も「誰かの妻」や「誰かの母」であって、個人としての名前をなくした存在なのだと思うと身につまされた。

二十代の未婚の時には気にも留めなかった「藤原道綱母」という名前。今や、大きな意味をもって存在していた。

この時、二十年に及ぶ私の「学び」のテーマが見つかった。

「古典を通して女性の生き方を考える」

それは、今を生きる私個人のテーマであり、同時に過去から現在に至る多くの女性たちの普遍的なテーマでもあると感じた。

その視点で、その意識で作品を読むと、よく知っていたはずの作品がまったく違った面をもって私の目の前にあらわれた。もう一度学びなおす機会が与えられたのだ。

「学びなおす」ことの意味も再確認できた。「学びなおす」とは、「新たな視点」で学ぶこと。今を映し出す「もう一つの視点」といった方がいいかもしれない。多様な視点で読むことによって、古典はいつも私たちのそばにあることも知った。

「もう一つの視点」は生活の中にある。

女性の「名前」からスタートした私の学びは、次に「平安時代の婚姻制度」へと進んでいった。

一般的に「一夫多妻制」と言われる当時の婚姻制度。本当に「多妻」なのだろうか。妻たちの間に、優劣はなかったのか。

同列に「妻」と称される女性たちが多数いたのだろうか。

「妻」とはどのような存在なのだろうか。

「現代の妻」である私と、「千年前の妻」である彼女たちとの違いは何か。

よく知っていたはずの「蜻蛉日記」。

今やまったく新しい作品に思えてきた。

目の前にはフロンティアが広がっていた。

そこから「女性史」の学びもスタートした。平安時代の婚姻制度や婚姻史。社会制度など、学ぶことはたくさんあった。

道綱母は「本朝第一美人三人内也」（日本で最も美しい女性三人のうちの一人）（「尊卑文脈」）と称され、「きはめたる和歌の上手におはしければ」（「大鏡」）とも称される女性であったが、その名前は記録に残されていない。書き残した「蜻蛉日記」は千年を経た今も読まれているのに、道綱母の名前はわからない。

道綱母は時の権力者・藤原兼家の妻妾の一人ではあったが、正妻ではなかった。夫・兼家の正妻として名前が記録に残っているのは「時姫」という女性である。受領の娘という二人の出自に差はない。では、なぜ、一人は名前が記録に残り、もう一人は子ども「藤原道綱」の母としか記されないのか。容姿にも和歌の才能にも恵まれていたにも関わらず。学び続ける中でその理由がわかってきた。

彼女は夫・兼家との間に一子・道綱をもうけただけであるのに対し、ライバル時姫は藤原道長を含む多くの子どもをもうけている。摂関政治においては、上流貴族たちはまず娘を入内させ、その娘が男子を産むことによって、天皇の外戚として権力を手にする仕組みになっている。多くの子どもを産むこと。特に女子を産むことが当時の上流貴族の妻としてもっとも期待された役割なのだ。

「産む性」としての女性のあり方が、本人の資質以上に評価され、その後の人生を左右していたのだ。

「蜻蛉日記」冒頭部分に以下の一節がある。

『世の中におほかる古物語の端などを見れば、世におほかるそらごとだにあり。人にもあらぬ身の上まで書き日記して、めづらしきさまにもありなむ。天下の人の、品高きやと問はむためしにもせよかしとおぼゆるも…』

道綱母は「当今流行している作り物語は絵空事ばかりなのにもてはやされている。私のような取るに足りないものが身の上を記せば風変わりなものとなろうが、世間の人が身分の高い男性と結婚した女性の実際の生活はどのようなものかと尋ねたら、その時はこれを実例としてほしいと思う」と記している。

自らを『人にもあらぬ身の上』（とるに足りない身の上）と記す作者。ここには夫・兼家との現実生活における道綱母の存在そのものの希薄さがうかがわれる。

では、それを敢えて序に記す意図は何か。

私には道綱母が、自分は正妻ではなく妾の一人であり、『人にもあらぬ身の上』だと自己規定した上で、それでも自分が記す「日記」は、絵空事の多い「作り物語」の価値を超えるものだと宣言しているように思える。

「妾」として生きた人生は不本意ではあった。しかし、それは、兼家との「品高き」世界での華やかな日々とも不可分のものであり、それらすべてが自分の人生であったと記しているのだ。その強い自覚によって書かれたからこそ、道綱母の個人的、主観的な事実の記録（日記）は、その時代の社会的な真実、女性の真実となり、現代の私達に訴えかけてくるのだ。

日記の書名の由来となった上巻末の跋文には『なほ、ものはかなきを思へば、あるかなきかのここちする、かげろふの日記といふべし』と記されている。

『あるかなきかのここち』と総括する女性の人生とはどのようなものだったのだろう。それは私自身への問いかけでもあった。こうして私の文学講座はスタートした。もう迷いはなかった。四十代でスタートした講座も二十年を経て私も六十歳になった。道綱母をはじめとする多くの女性たちの生き方を学ぶことは、私自身の生き方を問い直す作業でもあった。作品を通して得られた「もう一つの視点」で人生を見つめ直すことができた。

またそれは自分一人の学びではなかった。たくさんの受講生とともに学んできた。人生の先輩から「もう一つの視点」を教えていただくことも多々あった。人は生きる中で時代や社会に大きく左右されることを教えていただいた。男性からは社会や制度に縛られて生きる苦悩や迷いを教えていただいた。女性の生き方は、同時に男性の生き方でもあるのだと実感した。

この二十年、私を支えてきたものはこの学ぶ喜びであった。人生の第二ステージにたった今、「もう一つの視点」を通して見えてくる新しい景色を期待している。

「学び」は日々の生活の中にある。

学びが一人ひとりの生活の中にある以上、私たちは誰しもパイオニアである。古典は千年前から私たちの前にあった。今、自分の生活感をもとに、新たな視点で見直した時、そこにあるのはフロンティアである。

そこを切り拓く喜びは大きい。

「音楽」が教えてくれたこと

坂本　美香子

自分の最期に聴こえる「音」は、
どんな響きなのだろう?

私にとって、あらゆる「学び」の動機は、全てこの想いに尽きるような気がします。自分の一度限りの人生にとって、自分に出来る精一杯で、「音」の真実に近づきたい！それは、客観的な基準によって測ったり、完成度の優劣を比べたりすることでもなく、本来言葉にするのは、とても難しいものです。言葉にすれば、誤解を招きそうでもあり、液体窒素が外気に触れるとたちまち煙の様に気体になってしまうように、心の中に静かにあった時には存在していたはずの想いが一瞬にして壊れてしまう様な恐れとも紙一重に感じる、そんな不確かで繊細なものだからです。

それなら、何故私はあえてこのテーマで、言葉を綴ろうとしているのか？……

正直、自分にもわかりません。けれど、自分でもわからない導きによる「学び」と言うものも人生の中にはしばしばあって、これまでも何度も経験してきました。ゆえに、今こうして言葉と向き合う時間を頂いたことも、何かの「学び」なのだろうと感じました。


見上げれば流れる雲、青い空。

目を瞑って感じる風の優しさ。

その風にそよぐ木々の奏でるリズム。

空高く舞い飛び立った鳥達の歌。

上空からは、どんな景色が見えるのかな？


この空の先に広がる宇宙にまでも想いを馳せてみると、途端にあらゆるものが不思議に包まれてゆく感覚に包まれます。宇宙の大きさや誕生の理由までは、結局はまだ誰も知らないのだと。そんな不思議な世界に私達は生きていて、耳に聴こえる「音」、眼に見える「色」…そのどちらもが科学的には原子の振動現象ということになるけれど、そこから知覚する情報は一人ひとり、その時々の「心」次第で変化するということを、とても興味深く感じます。例えば、ピアノの鍵盤を押した時の「たった一つの音」を想像する時、どんな響きがするのでしょう?美しいメロディと呼ぶには物足りな過ぎて、誰でも簡単に一本指でも鳴らせる様な…猫が歩いても鳴るとでも云いたくなる様な?…ごく単純で気楽な「音」でしょうか?恐らく、そう思って指を鍵盤に乗せたなら、きっとそんな「音」が響くのではないかと思います。でも、「ピアノ」という楽器から生まれる音は、発音の瞬間から、「無音」に向かって消えゆく運命にあるとも言えるかもしれません。その一つの音は減衰の一途を辿るしかないからです。

私は、このことを恩師から教わってから、「なんて儚い音だろう!」と、思うようになりました。そして、消えゆく音に耳を研ぎ澄まして傾けていると、どこか「命」の様にも思えてきます。

生きとし生けるものが全て、いつか終わりを迎えること。それは、どんなに願っても、祈っても避けられないことであって、まだ永遠は存在しないでしょう。急速に進化している文明を考慮すれば、少なくとも今のところと付け加える必要もあるかもしれませんが、「死」は不可避だと思うのです。

「たった一つの音」でさえ、その音が意味するものは、自分自身が思い描く心の世界の広さに比例してゆくように感じます。

手にした楽譜は、音符が勝手に増えたり、書き変えられたりするはずもなく、何一つ変わっていないのに、ある日突然、全く違う響きを伴って聴こえ始めるような時があります。それまで聴こえなかった「音」と「音」の対話の様なものが初めて聴こえてくる時の感動は、幼い頃には意味を成さなかった何かが、急に心を捕らえて離さなくなって「ああそうだったのか！」と一人で思わず叫びたくなるような、目から鱗が落ちるような驚きにも似ている気がします。その瞬間、自分を取り巻く環境や世界の見え方も、同時に少し変化していくように思えます。

こんなことを考えていると〝万学の祖〟と呼ばれる哲学者のアリストテレスの言葉が、ふと過りました。「哲学は『驚くこと』からはじまる」と。西洋音楽の歴史を紐解いてゆくと、その起源は古代ギリシアにまで遡り、かつて音楽は哲学や数学、天文学などと共に学ばれていた事実にも出会います。その時代に「音楽」が意味していたものは、人間の耳に聴こえる美しい「音」に限ったものではなく、何らかの理由によって保たれている宇宙の「調和」、そして人間の肉体と魂の間に存在する「調和」までも意味していた様なのです。つまり、音楽にとっての学びは広く色んなところに存在していて、自分自身が興味や関心を以て周囲を見渡せば「学び」はどこにでも見出せるけれど、もしも何かを「学びたい」という想いが心からすっかり消えてしまったとしたら、仮に先生と一緒に学校に住んでいたとしても、「学び」は一つも得られないものではないかと思いました。

そう改めて考えてゆくと、「学ぶ」ことは受身の行為なのではなく「学びたい」と思う自分の能動的な心が生み出す現象なのではないかと思えてきます。同じように「教える」という事もまた「学び」を伴うのです。

きっと、「学ぶ」きっかけは、どんな小さなことでも構わなくて、ほんの少しでも何かを「知りたい」気持ちが心に芽生えると、静まり返った水面に一粒の雫が滴り落ちて、そこから波紋を広げてゆくように、新しい世界の扉が開いて行く様な気がします。そして、新しい発見や気づきによって自分が世界を捕らえる心に新しい視点が加わるという事は、絶望的な状況の中に、希望の光を見出せるようになる道にも思えます。

私にとって、その道を与えてくれたのは「音楽」でした。とりわけこのピアノという楽器と、ポーランドを故郷とする十九世紀を生きた作曲家ショパンの音楽。彼の音楽は、喜び溢れるような明るい幸せばかりではなくて、氷の様な冷たい悲しみまでもが生きる糧になる道を教えてくれたような気がしました。いつの時代も「光」は「影」を生み出し、その「影」の中でこそ「光」は輝きを増すのだと思います。

まるで、暗く長く続くトンネルの闇が深い程に、かすかな隙間から差し込む光が大きな希望となって立ち現れる様に、「光と影」「白と黒」そして「生と死」もまた「表裏一体」の関係の様です。音楽はまさに「長調と短調」、「協和音と不協和音」、「緊張と緩和」「激情と冷静」相反する二面性を合わせ持っていることが、私には魅力に思えます。

これはもしかしたら、「音楽」に限ったことではなくて「表現芸術」と呼ばれるものに共通するのかもしれません。けれど、音楽が他の表現芸術と異なるのは、生きている人間が奏でる時間にだけ「音」が存在することではないかと思います。書かれた楽譜は、絵画の様に時間を超えて存在することが出来るけれど、聴こえる「音」としての音楽は、かなでられている瞬間にしか存在し得ません。もちろん、楽譜の中には既に音世界は存在しているけれど、音符が読めない場合にはただの記号でしか無いように、それだけでは耳に届く音楽にはなりません。楽譜から価値を見出すためには記号を読み解く知識が必要です。ゆえに「音楽を教える」という事は「楽譜を読む方法を教える」という事から始まるけれど、表現するという意味では、音の高さが読めるだけでは「表現」にはならないのだとも思うのです。正確性だけを追求するならば、演劇舞台の台本をロボットが読み上げているような違和感あるものになってしまうのではないかと思います。するとやはり、楽譜が「音」になる過程で、人の「心」のフィルターを通過することが、大切なのではないかと思えてくるのです。いずれも難しい問題で、明確な答えはわかりません。きっと完璧がわかることも永遠に無いだろうと思います。

生きる時間が輝くのは、この時間には限りがあり、いつかは終わりを迎えると知る瞬間ではないかとも感じます。もしも「永遠」が存在し、何もかもが順調で悩むことも痛

み も悲しみも、ネガティブなものは一切存在しない世界を仮定してみたとしたら、それらを誰かと「分かち合う」という喜びもまた存在し得ないだろうし、「満たされている」ということは、それ以上を「求める」ことも無いのではないかと思うのです。

今、こうしている間にも、自分の知らない世界のどこかでは、悲しい事件や争いが起きていて、誰かが深い悲しみに暮れたり、命を失ったりしているのかもしれません。今年四月に起きた熊本大地震や、あの五年前の東日本大震災も、本当に突然の出来事として訪れました。そしてこれからの私達の未来も、いつどこで何が起きるのかは想像も付きません。だから明日があることは「当たり前」ではないし、何かを「学べる」明日が存在していることは「生きていること」の証なのだと思います。けれど人は、絶望に直面すると、その明日を手にすることを自ら放棄することがしばしばあると思います。生きる事が「無意味」に思える時は、暗いトンネルに希望を見出すのは難しいかもしれません。

でも、生きて奏でる事を前提とする音楽の学びにおいては「無意味」な時間など存在しないのです。それが、音楽を通じて私が教わった一番大切なメッセージかもしれません。

奏でるためには、この世界に生き続けなければなりません。そして、最期を迎えるその日まで、様々な経験を積んで学び続けた分だけ、自分に聴こえる「音」の響きの可能性も広がってゆくのだから「生きてみよう」と。

終　章　稲盛和夫氏に学ぶ

稲盛和夫氏に学ぶ

麗澤大学教授　髙　巖

私は「ビジネスエシックス」（企業倫理）を専門とする大学の教員である。その授業の導入部では、毎年、二つの社会哲学について解説している。一つは「自由至上主義」、他の一つは「社会自由主義」である。

自由至上主義は「市場に任せれば、各自の努力と能力は正しく報われる」と説く。仮に方程式で表せば、「仕事の結果＝熱意（努力）×能力」となる。「仕事の結果」とは、各自が手にする所得や富など、また「熱意」は各自の努力の程度を表す。自身の資質や才能を持って懸命に努力すれば、良き結果が得られるという方程式である。これに対し、社会自由主義は「市場に任せるだけでは正義は実現しない、政府が間に入って所得や相続財産を調整しなければ、また教育機会や就労機会などを作り出さなければ、格差は広がり、公正な社会は実現しない」とする。方程式に翻訳すれば、「仕事の結果＝政府による調整×熱意×能力」となる。

これらの社会哲学を説明した上で、私は、学生たちに「第三の社会哲学」を考えてもらうようにしている。第三の社会哲学とは「共同体主義」と呼ばれる。ただ、共同体主義そのものに曖昧な点が多いため、私は意識して京セラの創業者である稲盛和夫氏の思想を紹介するようにしている。その方程式は「人生・仕事の結果＝考え方×熱意×能力」となる。

先の二つの哲学との相違は、第一に「考え方」という変数が方程式の右辺に入っていること、第二に「考え方」がプラスにもマイナスにも動くこと、したがって、たとえ能力があっても、熱意が高くても、「考え方」を誤れば、結果はマイナスになってしまうこと、そして第三は、方程式の左辺に「仕事」だけでなく「人生」が入っていること、である。学生たちは、この三点に関し色々な意見を述べてくれる。

「考え方」よりも「偶然」の方が影響は大きい、「考え方」のプラス・マイナスはいったい誰が決めるのか、「仕事」と「人生」を一緒にするのはおかしいなどなど。私は学生たちのこうした意見に着想を得てきた。その意味で「学生たちに学んできた」と言うべきかもしれない。しかし、企業倫理を専門とする私は、稲盛氏の思想と生涯に、それ以上のことを学んできたと感じている。特に「人生・仕事の結果に関する方程式」を氏が構想した背景に、その「方程式」を自ら実践してきた姿勢に、そして「方程式」そのものを氏が超脱したことに、書物だけでは得られない哲学的な知見を得たと思っている。

稲盛和夫氏の思想との出会い

企業倫理という学問分野に興味を持ったのは約三五年前。一九八〇年代初頭である。当時、大学院で経営学を学んでいた私は、変わり者なのか、マックス・ウェーバーの宗教社会学に強い関心を持っていた。彼の問いは明瞭であった。「いかにして近代資本主義は生まれたのか」。答えは「禁欲と勤勉の価値を重んずるプロテスタンティズムの倫理（敬虔主義）があったから、それは生まれた」というものであった。結論の妥当性は別とし、当時の私は、とにかく「宗教（価値）と経済」を結びつけた独創的な研究に感動を覚えた。

このため、駆け出しの研究者であった私は、傲慢にも「研究するのであれば、こんな驚きを伴うような研究をやってみたい」と考えるようになった。ちょうど、この頃、稲盛氏と京都セラミック（現在の京セラ）に関する新聞・雑誌記事を目にするようになった。京セラは、一九五九年四月に、氏が二七歳の若さで仲間とともに設立した会社である。一九六〇年代後半より業績を伸ばし、七〇年代末には全国的に注目される会社へと変貌した。それが大変な躍進であったため、経営学を志す者の多くが同社に強い関心を寄せていた。私もその例外ではなかった。

「熱意」が「結果」を生み出す

一九八〇年、私は氏の記事や自伝を貪るように読んだ。そこに出てくる話を手がかりに、関係する宗教書にも目を通した。当時、氏はことあるごとに「心に念じたことは必ず成就する」「チャレンジする精神こそ、物事を成就させる」などと口にしていた。自伝を読み進める中で、また宗教書の一句一句を確認する中で、氏の言葉の多くが自身の幼年期の信仰体験や年少期の絶望経験にあると、私は感じた。

「宗教（価値）と経済（経営）」を結びつける独創的な研究は、つまり、ウェーバーのスタイルに倣った独自の研究は、経営学の分野でも可能かもしれないと思い始めたのは、まさにその頃であった。そして、方法論上の問題も深く検討することなく、私は「企業家の信念体系と組織の急成長：京都セラミックの場合」（一九八三年）という論文を著し、無謀にも学会発表までやってしまった。

稲盛氏自身は、随分早い時期より「人生・仕事の結果に関する方程式」について言及していたが、少なくとも七〇年代末まで、氏が重きを置いていたのは「熱意」、それも「燃えるような熱意」であった。また「方程式」の左辺においても、実質的に重視されたのは「人生の結果」ではなく、「仕事の結果」であった。従業員全員の生活を守らなければならないと考えていた草創期、氏が「仕事の結果」に重きを置くのは当然と言えば当然であった。

このように理解し、私は「急拡大するセラミック市場の中で、氏の信念体系（燃えるような熱意）がその市場の特性と偶然に一致し、京セラという組織の急成長（仕事の結果）をもたらした」と説明した。執筆から三十数年経過し、この論文を読み返すと、不十分な点ばかりが目につく。しかし、創業・成長期の氏の経営姿勢に限定すれば、同論文の主張は今でも批判に耐え得るのではないかと自負している。

第二電電創設が契機となる

氏が「考え方」の重要性を強く意識するのは一九八〇年代以降であった。最大の契機は、京セラが命運をかけてチャレンジした電気通信事業への参入にあると私は捉えている。

当時、日本国内の通信・通話サービスは、電電公社（現在のNTT）が独占していた。この状況を打破しようと、政府・臨時行政調査会は、八〇年代初頭、電電公社民営化の議論を進める。その過程で出てきたのが「果たしてライバル企業など登場するのか」という懸念であった。実際、民営化の方向性が示されても、電電公社に立ち向かう民間企業など一社も現れなかった。誰もが「電電公社という巨大企業に太刀打ちできるわけがない」と思っていた。そんな中、一九八三年七月、稲盛氏だけが電気通信事業への進出を決断した。

仮に事業に失敗すれば、京セラは甚大な損失を被ることになる。このため、氏は、半年間、新規事業に挑む「社会的意義」(大義)を幾度も自問した。そして、民間が通信事業に出ていくことで「日本の高い電話料金が安くなる」「高度情報社会の健全な発展が可能となる」「日本の競争力を高め、国民生活を豊かにする」との三つの意義にたどり着いた。ただ、氏は「これらの大義も単なる口実であってはならない」と考え、「動機は善なりや」「私心なかりしか」「人間として正しい判断か」と自戒を繰り返した。そして自問自答の末、第二電電の設立を決意した。「考え方」「大義」が純粋である限り、また「考え方」に邪心がない限り、物事は必ず成就すると信じ決断したのである。

「考え方」が「結果」を左右する

しかし、話はそう簡単には進まなかった。電気通信事業への参入を発表すると、当初予定になかった二つの官主導企業グループが参戦を表明してきた。日本道路公団を中心とするグループと国鉄を中心とするグループである。日本道路公団(日本高速通信)は高速道路網を使い、また国鉄(日本テレコム)は新幹線網を使い、光ファイバーを敷設すると発表した。両社とも道路網や鉄道網を独占的に使用するとしたため、第二電電は光ファイバーを敷設するという選択肢を完全に失ってしまった。「良き考え方」は「良き結果」につながらなかったのである。

こうした状況下にあって、第二電電の退場を求める声は日に日に大きくなっていった。京セラ内部にあっても不安視する者が増えていった。おそらく、氏がここで撤退を決断していれば、自身が描く「人生・仕事の結果に関する方程式」は、頭の中の「理想」にとどまり、自らを突き動かす「確信」にまで高められることはなかったはずだ。

逆風の中で、氏は事業継続について「私心なかりしか」「人間として正しい判断か」を自問し続けた。その末に出した結論は、やはり「日本の電気通信市場を世界に通用するものとするには、電電公社、公団・国鉄などの官主導グループでは不十分である」「どうしても、民間の力が必要になる」であった。

第二電電は事業を継続し、その後どうなったのか。十年以上のタイムスパンで見れば、結局、日本高速通信、日本テレコム、第二電電という三社の中で、事業主体の実質的な入れ替えを経験することなく、業績を伸ばしたのは、稲盛氏が率いる第二電電のみであった。言い換えれば、「考え方」は、光ファイバーという圧倒的な強みを持っていた官主導の二社に打ち勝ったのである。

この経験を経て、氏の「考え方」に対する姿勢は強固なものとなっていった。しかも、「方程式」の左辺にある「結果」についても、より長い時間軸の中で見なければならないとの思いを強くしていった。私は、ここに至り、方程式に示された「人生の結果」という言葉の意味が、氏の中で重みを増したと理解している。

「偶然」をどう受けとめるか

人生には、自身の責に帰せられない「偶然」というものがある。病に倒れたり、事故に巻き込まれたり、災害にあったりと、個人の力では抗し難いことが起こる。後に、氏はこれを「運命」と呼び、一人一人がどんなに頑張っても、自身の力では変えられないと説き始める。また同時に「偶然」をどう受けとめるかで、その後の「人生・仕事の結果」は変わるとも説くようになる。電気通信事業へのチャレンジを通して氏は、その確信を得たと私は見ている。

一九八〇年代に電電公社民営化という国家方針の大転換が起こったこと、官主導の通信会社が光ファイバー網を押さえ、第二電電の行く手を阻んだこと、このため、第二電電には、実現可能性の低い「無線」という選択肢しか与えられなかったこと。これらは、いずれも、氏自身ではどうすることもできない外的要因、つまり「偶然」であった。

仮に官主導の企業が出てきたことで、氏が自身の不運を嘆き、世を恨み、官を妬んでいたらどうであろうか。第二電電は後に成功を収めるが、氏が仮に自身の成功に慢心し、謙虚さを失っていたらどうであろうか。「人生・仕事の結果に関する方程式」は氏自身の着想によるものだが、予期せぬ「偶然」に遭遇し、自身が「考え方」を誤っていたら、どうであったろうか。おそらく、氏の「方程式」は説得力を失い、また氏自身も平凡な実業家に終わってしまっていたであろう。このように思えたため、私は改めて氏のこれまでの人生を振り返ってみた。通常、稲盛氏の人生は成功談として語られるが、私の眼には「不運の連続」として映った。

「不運」の受けとめ方が変わる

一三歳の時、結核をわずらい、子供ながら死の恐怖を味わった。希望する大学には落第。卒業後も、第一志望の会社に入れず、自暴自棄に陥った。鹿児島の繁華街を歩きながら、「世の中は、貧乏人が報われることはなく、不公平と不平等が横行する。そんな堅気の世界よりも、義理と人情に満ちた任侠の世界のほうがずっと人間らしいのではないか」と考えたそうだ。挫折は、さらに続いた。就職先の会社は惨憺たるもので、給与も予定通りには支払われなかった。人間関係はうまくゆかず、日暮れ時になると、近くの小川に出かけ、心の痛みを和らげるため、一人童謡を大きな声で歌ったという。

仲間とともに創業した京セラであるが、事業はなかなか軌道に乗らなかった。駆け出しの零細企業など、日本の大手企業はどこも相手にしてくれなかった。このため、一大決心し、アメリカ、ヨーロッパなどの有望先を訪ねて回るが、ここでも結果は散々であった。大変な覚悟で出張したにもかかわらず、注文はとれず、「社員に申し訳ない」との思いから、異国の地で涙したという。

一九八五年には、薬事法違反で、京セラが世間の厳しい批判を受けることになる。「患者のため」と考え開発・供給していた商品であったが、蓋を開けてみれば、正規の許可をとっていないことが判明した。陣頭指揮にあたった稲盛氏にとって、この不祥事は今でも忘れることのできない辛い体験になっている。

二〇一〇年一月、氏は政府より依頼を受け、無報酬で日本航空（ＪＡＬ）の再生にあたるが、途中、マスコミより厳しい批判を受けることになる。ＪＡＬ株の第三者割当を引き受ける予定であった複数の企業が、東日本大震災の影響を受け、断りを入れてきた。いずれも資金繰りに窮し、ＪＡＬ株の購入どころではなくなったのである。このため、急遽、京セラがその辞退分を埋め合わせる形で、ＪＡＬ株を引き受けるが、その引受行為が後に批判されるのである。

二〇一二年九月、ＪＡＬは上場され高値をつける。京セラが引き受けた株式も自動的に資産価値を膨らませた。この結果に注目したある雑誌社の記者が、事情を詳細に確認することもなく、「濡れ手に粟で未公開株五〇億円ゲット」「ＪＡＬを私物化する稲盛和夫会長の『強欲』」と報道した。この記事が多くの政治家、破綻前のＪＡＬ株主、知識人などの、氏に対する怒りを爆発させた。「動機が善であり、実行過程が善であれば、結果は問う必要はない、必ず成功する」と信じ着手したＪＡＬ再建の仕事であったが、思いもよらぬ展開で、氏は汚名を着せられることとなった。

稲盛氏の人生をこのように整理すれば、それは「不運の連続」であったと表現できよう。ただ同時に「氏の偶然の受けとめ方については、歳を重ねるごとに円熟していった」と強調しておきたい。若い頃は、自暴自棄に陥ることもあった。任侠の世界に入ろうと考えたこともある。しかし、第二電電創設以降は、格闘しながらも、「人間として何が正しいか」「私心なかりしか」を問う姿勢に揺らぎはなくなっていった。そこには、間違いなく、私がかつて論文で描き出した企業家とは次元を異にする「哲人の姿」があった。

功利主義と義務論について

企業倫理の授業では、「功利主義」と「義務論」という二つのアプローチが取り上げられる。学生たちには、ある特定の行為が正しいかどうかを考える際、人はこの二つのアプローチを使うと解説している。「功利主義」とは、ある行為を実行することで、人生・仕事の結果が良くなる場合、その行為は倫理的に正しいと考える立場。これに対し、「義務論」は、結果の良し悪しに関係なく、その行為が原理的に正しければ、それを実践すべしとする立場。この二つの対立は、倫理学者の間で長く議論されてきた。一言で表現すれば、それは「倫理」をどう定義するかという問題でもある。

「倫理」とは、社会における実践であって、関係する者に「良き結果」をもたらすものでなければならない。悪しき結果をもたらすとすれば、それは倫理的に望ましい行為とは言えない。これが功利主義の主張である。それに対し、義務論は「倫理」を打算的なものであってはならないとする。結果の良し悪しを考えて行為の妥当性を検討すれば、その時点で動機は利己的であり、非倫理的であるという。

稲盛氏が提唱する「人生・仕事の結果に関する方程式」を、この二つのアプローチの視点で分類すれば、それは明らかに功利主義の側にたつ。「良き考え方」を持って行動すれば、「人生・仕事の結果」が良くなると説いているからである。成功を謙虚に受けとめるのも、不運を受容するのも、「より良い人生・仕事の結果」を得ようとすることが目的だからである。私は、氏の「方程式」を、長くこのように理解してきたが、ＪＡＬ再生の仕事を終えた後の氏の講演録を目にした時、その解釈では氏の生き方を矮小化しかねないと感ずるようになった。それは、人生を航海にたとえた話である。

「良き考え方」の実践そのものが歓びに

「自力」で船を漕ぐだけでは、遠くへは行けない、遠くに行きたければ、帆船を前へ進める「他力の風が必要」と氏は説く。「この世の中に自力でやれることはそう多くありません。他力を受けなければできないことがほとんどです。けれども、他力を受けるためには自力で帆を揚げなくてはいけない。その帆を揚げる作業とは、自分自身の心をきれいにして、利己まみれの心ではなく、『他に善かれかし』という美しい心にすることです」「利己の心で揚げた帆は、穴だらけです。よしんば他力の風がいくら吹いても、帆は穴が空いていますから通り過ぎてしまい、船は決して力を得ることはできません。それに対して、利他の心で揚げた帆は穴が空いていないすばらしい帆です。必ず他力の風を受けられます」。

この話をそのまま援用すれば、「利他の心」（良き考え方）で臨む理由は「遠くへ行くため」「他力の力を借りるため」となる。よって、これも功利主義的な論法となる。しかし、「ＪＡＬ再生の仕事を終えた後の言葉」という点に着目して考えれば、「方程式」の左辺は「自身にとっての良い結果」ということにはならない。氏は、この仕事を何度も固辞し、最終的にこれを無報酬で引き受けたからである。

では「遠くへ行くため」「他力の力を借りるため」という言葉はいったい何を意味しているのか。答えは「ＪＡＬを再生し、そこで働く人々の生活を守り、ＪＡＬとの取引で生計を立てる人々を支え、利用者の利便性を確保し、日本経済の持続的発展に資するため」となるはずである。講義録の内容をこのように捉え直した時、私は「現在の稲盛氏にあっては、倫理的実践を促すための『方程式』などほとんど意識にない」と感ずるようになった。先ほどの表現を使えば、既に「義務論的実践」の境地にあると思うようになった。

確かに、氏は他人に対し「考え方」の重要性を語る時、功利主義的な説明を行う。それが他人を動機づける上で有効だからであろう。しかし、氏自身は、すでに功利主義的な発想にとどまってはいない。特に九〇年代末に京都の円福寺で得度を受けた頃より、「結果が良くなるかどうか」は、意思決定の重要な基準ではなくなっている。仮に何らかの動機づけがあるとすれば、それは「良き考え方の実践」そのものと言うべきであろう。「利他の心で帆を揚げること」それ自体が氏の歓びになっているとしか理解できないからである。

結びにかえて

私のような凡人は、日常の中で、ある判断や行為が倫理的に正しいかどうかを考える際、どうしても功利主義的・打算的に考えてしまう。義務論はそれを「本当の倫理ではない」と批判する。このため、企業倫理学者である私は、幾度も自分の限界を感じてきた。しかし、稲盛氏の生涯はそうした凡人に対しても希望の光を与えてくれるような気がしてならない。

若い頃の氏は、方程式の意義を信じ、仕事の結果を出すために、努力と工夫を重ねた。強い思いをもって仕事に打ち込めば、いつか必ず成就すると信じ、研究開発や販路拡大に努めた。それが成果となって報われ始めると、事業に臨む姿勢は着実に変わっていった。自分のため、会社のため、社員のため、という発想を堅持しながらも、日本のため、社会のため、という意識を持つようになっていった。そして最後には「人生・仕事の結果に関する方程式」は氏の関心より薄れ、「よき考え方」を実践すること自体が歓びとなっていった。

このような氏の人生の軌跡を確認できたことで、私は、最後の境地に飛躍する神業などないことを、またそこへ向かうためには、打算的ではあっても、まず「方程式」の意義を信じ、一歩一歩前へ進むしかないと思えるようになった。今、改めて、三十数年前に稲盛和夫氏の思想に出会えたことに感謝している。

入賞論文執筆者一覧

〈掲載順〉

國西嘉代子（こくにし　かよこ）　58歳　愛媛県　「義父の人生から学んだ事」

江角岳志（えすみ　たけし）　53歳　東京都　「二人三脚の紐が解けるまで——共に学び育み合った日々」

森千恵子（もり　ちえこ）　68歳　福岡県　「祖母の独りごと」

大西　賢（おおにし　けん）　43歳　東京都　「文通」

阿部広海（あべ　ひろみ）　59歳　静岡県　「心こそ大切なれ」

福田　恵（ふくた　めぐみ）　50歳　徳島県　「私を教師にしてくれた生徒たち」

金城美智子（きんじょう　みちこ）　56歳　沖縄県　「学びは心の中で生き続ける」

熊谷真紀（くまがい　まき）　40歳　宮城県　「スーパーヒーローになったら」

新屋和花（しんや　のどか）　20歳　東京都　「牧野先生の背中」

感王寺美智子（かんのうじ　みちこ）　55歳　宮城県　「共に暮らし、共に学ぶ」

三上香子（みかみ　きょうこ）　55歳　大阪府　「死に逝く者の学びから得たこと」

武藤敏子（むとう　としこ）　66歳　福島県　「我が人生最大の師」

堀　宗一朗（ほり　そういちろう）　57歳　大阪府　「神様と王様の番号」

白石通武（しらいし　みちたけ）　41歳　愛知県　「学ぶこと、出会うこと」

滝　和子（たき　かずこ）　51歳　神奈川県　「フォーカル・ジストニアという困難を乗り越えてみて」

谷口幸子（たにぐち　さちこ）　67歳　広島県　「畑から学んだこと」

齋藤恒義（さいとう　つねよし）　67歳　兵庫県　「本に育てられた人生」

村山洋子（むらやま　ようこ）　60歳　愛媛県　『「学び」は生活の中にある』

坂本美香子（さかもと　みかこ）　33歳　千葉県　『「音楽」が教えてくれたこと』

あとがき

今年の論文募集は、昨年の課題「私の生涯学習―学ぶ楽しみ」に引き続き、「学び」を正面から捉え、「私の先生―誰からも、何からも学べる」を課題として募集しましたところ、お蔭様で三七七編もの応募がありました。

「いつでも、どこでも、だれでも学べる機会を提供したい」と、様々の事業を展開しております当財団にとりましては、一般の方々が「何から学んだ」かを知るよい機会になりました。

本来「学ぶ」ということは、未知のものを知る探究心を満足させ、新しい自分を発見できる喜びを味わうことができる楽しいものです。特に、高齢化社会において、リタイア後の人生を豊かに過ごすためには、「学ぶ」ことを継続することが大切であることは言うまでもありません。

隠居後五十歳にして天文暦学を学んでから、正確な日本地図を作成した伊能忠敬や、実業家として成功後、四十歳を過ぎてから考古学を学んでトロイの遺跡を発掘したハインリッヒ・シュリーマンなどの偉人を先生として、あきらめずに学ぶことを継続していきたいものです。

ところで、新種の笹に妻の名前を冠した「スエコササ」を初めとし、一五〇〇以上の植物に学名を与えた植物学者 牧野富太郎は、「私は植物の愛人か草木の精」と自称していたそうです。「学ぶ」ことを継続するには、対象に対して、恋愛のような情熱が必要ということなのでしょうか。

なお、論文の選考にあたりましては、左記の方々に審査をお願いいたしました。ご協力に心から感謝申しあげます。

（敬称略　五十音順）

石井　威望（東京大学名誉教授）
小笠原英司（明治大学経営学部教授）
工藤　秀幸（麗澤大学名誉教授）
小松　　章（武蔵野大学政治経済学部教授）

髙　巖（麗澤大学経営学部教授）
耳塚寛明（お茶の水女子大学文教育学部教授）
森山卓郎（早稲田大学文学学術院教授）
油布佐和子（早稲田大学教育総合科学学術院教授）

最後に、豊富な経験に基づいて本書の支柱ともいうべき序章・終章を執筆された小笠原英司先生、髙巖先生の両先生に、重ねて御礼を申しあげます。

また、財団の事業活動に平素から深い理解を示され、本書の出版にあたってその労をとってくださった株式会社ぎょうせいの方々に対し謝意を表します。

平成二十八年十月

公益財団法人北野生涯教育振興会
理事長　**北野重子**

公益財団法人北野生涯教育振興会　概要

設立の趣旨

昭和五十年六月、スタンレー電気株式会社の創業者北野隆春の私財提供により、生涯教育の振興を図る目的で文部省（現文部科学省）の認可を得て発足し、平成二十二年十二月に公益財団法人として認定されました。

当財団は、学びたいという心を持っている方々がいつでも・どこでも・だれでも学べる体制をつくるために、時代が求める諸事業を展開して、より豊かな生きがいづくりのお役に立つことをめざしています。

既刊図書

○「私の生涯教育実践シリーズ」

『人生にリハーサルはない』（昭和55年　産業能率大学出版部）
『私の生きがい』（昭和56年　知道出版）
『四十では遅すぎる』（昭和57年　知道出版）
『祖父母が語る孫教育』（昭和58年　ぎょうせい）

『笑いある居間から築こう　親子の絆』（昭和59年　ぎょうせい）
『人生の転機に考える』（昭和60年　ぎょうせい）
『こうすればよかった——経験から学ぶ人生の心得』（昭和61年　ぎょうせい）
『永遠の若さを求めて』（昭和62年　ぎょうせい）
『人生を易《か》えた友情』（昭和63年　ぎょうせい）
『旅は学習——千里の知見、万巻の書』（平成元年　ぎょうせい）
『おもいやり——沈黙の愛』（平成2年　ぎょうせい）
『豊かな個性——男らしさ・女らしさ・人間らしさ』（平成3年　ぎょうせい）
『心と健康——メンタルヘルスの処方箋』（平成4年　ぎょうせい）
『心の遺産——親から学び、子に教える』（平成5年　ぎょうせい）
『ともに生きる——自己実現のアクセル』（平成6年　ぎょうせい）
『育自学のすすめ——汝自身を知れ』（平成7年　ぎょうせい）
『日本人に欠けるもの——五常の道』（平成8年　ぎょうせい）
『豊かさの虚と実』（平成9年　ぎょうせい）
『わが家の教え』（平成10年　ぎょうせい）
『日本人の品性』（平成11年　ぎょうせい）
『21世紀に語る夢』（平成12年　ぎょうせい）
『私が癒されたとき』（平成13年　ぎょうせい）
『出会いはドラマ』（平成14年　ぎょうせい）
『道——歩き方、人さまざま』（平成15年　ぎょうせい）

『光──照らす、心・人生・時代』（平成16年　ぎょうせい）
『夢──実現した原動力』（平成17年　ぎょうせい）
『志──社会への思いやり』（平成18年　ぎょうせい）
『心の絆──命を紡ぐ』（平成19年　ぎょうせい）
『家庭は「心の庭」』（平成20年　ぎょうせい）
『家訓──我が家のマニフェスト』（平成21年　ぎょうせい）
『食満腹　心空腹──わが家の食卓では…』（平成22年　ぎょうせい）
『私の望む日本──行動する私』（平成23年　ぎょうせい）
『日本が〝生き抜く力〟──今、私ができること』（平成24年　ぎょうせい）
『言葉は人格の表現──心あたたまる言葉・傷つける言葉』（平成25年　ぎょうせい）
『私の東京オリンピック──過去から学び、未来へ夢を』（平成26年　ぎょうせい）
『私の生涯学習──生きることは学ぶこと』（平成27年　ぎょうせい）
○『生涯教育図書一〇一選』（昭和61年　ぎょうせい）
○『生涯教育関係文献目録』（昭和61年　財団法人北野生涯教育振興会）
○『社会人のための大学・短大聴講生ガイド』（昭和63年　ぎょうせい）
○『大学院・大学・短大・社会人入試ガイド』（平成3年　ぎょうせい）
○『新・生涯教育図書一〇一選』（平成4年　ぎょうせい）

所在地　〒一五三─〇〇五三　東京都目黒区五本木一丁目一二番一六号
電　話　（〇三）三七一一─一一一一　ＦＡＸ（〇三）三七一一─一七七五

【監修者・編者紹介】
公益財団法人 北野生涯教育振興会
1975年6月、スタンレー電気株式会社の創業者北野隆春の私財提供により、文部省（現文部科学省）の認可を得て我が国で最初に生涯教育と名のついた財団法人を設立。2010年12月公益財団法人に認定。毎年、生涯教育に関係のある身近な関心事を課題にとりあげ、論文・エッセー募集を行い、入賞作品集を「私の生涯教育実践シリーズ」として刊行している。本書はシリーズ37冊目となる。（※財団概要は本書219～221頁でも紹介）
小笠原英司（おがさわら　えいじ）
明治大学経営学部教授、博士（経営学）。明治大学経営学部長、明治大学大学院長、明治大学評議員、経営学史学会理事長等を歴任。主著『経営哲学研究序説』（文眞堂）他、著書論文多数。
髙　巖（たか　いわお）
早稲田大学大学院修了。現在麗澤大学大学院経済研究科教授、鹿児島大学客員教授。商学博士。麗澤大学経済学部長、運輸審議会・産業構造審議会専門委員等歴任。主著『ビジネスエシックス［企業倫理］』（日本経済新聞社）他多数。

私の生涯教育実践シリーズ '16

私の先生――誰からも、何からも学べる

2016年11月10日　初版発行

監修者　**公益財団法人 北野生涯教育振興会**

編　者　**小笠原英司**
　　　　髙　　巖

印　刷　株式会社　ぎょうせい
〒136-8575　東京都江東区新木場1-18-11
電話番号　営業　03-6892-6666
フリーコール　0120-953-431
〈検印省略〉　URL　http://gyosei.jp

印刷／ぎょうせいデジタル株式会社
乱丁・落丁本はお取り替えいたします。

ISBN978-4-324-80085-0（5598004-00-000）〔略号：私の先生〕